TO

恋のヒペリカムでは悲しみが続かない
上

二宮敦人

TO文庫

目次

登場人物紹介

Your sorrow melts away in the club,
HYPERICUM
named after the flower of "sparkle",
where people in
love gather.

春日部誠（かすかべ・まこと）
「クラブ ヒペリカム」のオーナー。お洒落な紳士。元貿易商人らしいが、その過去は謎に包まれている。

檜山浩一（ひやま・こういち）
クラブの責任者を春日部に任されているリーダー格。もとはナンバーワンホストで、集団生活が嫌い。

谷堂誠太（たにどう・せいた）
普段は一般企業に勤めるメガネ男子。生真面目で、地道な性格のスポーツマン。篠田と相性が悪い。

篠田涼（しのだ・りょう）
適当で気分屋、マイペースな大学生。色白で中性的。でも、部屋は散らかり放題。今はプラモデル好き。

Hypericum

恋のヒペリカムでは悲しみが続かない　上

藤堂律子がお弁当箱を開くと、大きなおにぎりが二つ並んでいた。

両方とも中身は鮭だとわかっている。律子自身が握ったのだから当然だ。それでも何となく左右を見比べてから、右を選んで手に取った。食べながらいつものようにかちゃかちゃとキーボードを叩き、一つずつメールの返信をしていく。ファッションブランドの女社長と言えば格好いいが、実際の仕事は地味な作業の繰り返し。

そんな時、共同経営者でもある森田奈美がサンドイッチをかじりつつ宣言した。

「ホストクラブに行きたい」

社員の一人がコンビニのうどんをすすりながら眉をひそめる。

「奈美、またそういう話？」

「いいクラブがあるって聞いたの。知り合いが行ったらしいんだけど、凄いんだって」

律子たちのオフィスは小さなビルの二階にある。さほど広いとはいえない空間に本棚、ファイル棚、打ち合わせスペースが一つ、そして五つのデスク、つまり社員全員分、が押し込められている。メンバーはみな女性、うち三人は学生時代からの友達だったから、いつも女子会のような雰囲気であった。

「はいはい、知り合いね」

「何さ」

「奈美の話に出てくる知り合いって、実は奈美自身だったりするじゃん。またそうやって、自分の行きたいクラブに誘ってるだけなんじゃないの」

「こ、こないだはそうだったけど、今回は違う！」

　奈美は顔を赤くする。

「ちゃんと実在する知り合いなの、高校の友達。最近職場の人と結婚した！　何なら写真も見る？」

「まあいいけど。で、凄いって、何が凄いの」

「金額が凄いとか」

　律子はぼーっとウーロン茶をストローですすりながら、みんなの話を聞いていた。

「まずは内装が凄い。宮殿みたいな。それから、ホストの顔面レベルが桁違い。芸能人なんてもんじゃなくて、美術品、国宝級。見るだけで心が洗われるという……いや、まあ私が会ったわけじゃないんだけどさ。それも整形やフォトショップで誤魔化してないって話。私、ここ重要だと思うんだよね。いや、別にいいよ？　整形したって。でもね、最初から美男子だった男と、途中から美男子になった男とでは、培われた精神性が違う。私はそこも含めて愛でたいわけ」

「奈美はイケメンの話になると饒舌になるよね」

「いいから、とにかく最後まで聞いてよ。でね、もちろん一緒にお酒を飲んでも楽しいんだけど、そのホストクラブが凄いのはここから。なんと、不思議な神通力があるらしいのよ！」

　これには全員が唖然とする。律子の口からもストローがぽろりと落ちた。奈美だけが喜々として話し続けた。

「その知り合いの悩み事ってのが、まさに彼氏との結婚だったの。ホストクラブのおかげでゴールインできたんだよ、凄くない？　とにかく、そこのスタッフに相談してしばらくすると、恋が成就するらしいのよ。他にも誰かとの縁を切って欲しいとか、生き別れになった兄弟を捜してくださいとか、国家試験に合格しますようにとか、もう要望次第で何でも……」

「それ、ホストクラブじゃないよ」

食べ終わったバナナの皮を几帳面にたたみながら、社員の一人が言った。

「神社かパワースポットの間違い」

「いや、なぜかホストクラブなんだって」

「意味がわかんない」

「だから夢があるんじゃん」

「で、どこにあるの、その神社」

「ホストクラブだって！　それがさあ、場所を教えてくれないんだよね。遊び半分で行くところじゃない、人生に本当に必要になったら教えてあげるって。ホストクラブでしょ？　遊びに行かないで何しに行くの。っていうかホストが人生に本当に必要になるときって何。それってもう、何かが手遅れじゃないの？」

奈美は立ち上がり、バンとテーブルを叩き、また座ると肩を落とした。一人で盛り上がっている彼女を、社員たちは遠巻きに見つめている。

「……行ってみたい。でも、見つからないの。繁華街のキャッチに聞いても誰も知らない。お姉さん、からかってます？　って言われちゃってさ……」

深く考え込む奈美をよそに、社員たちは休憩を切り上げ始める。

「社長、紅茶淹れるけど飲む？」

「ううん、大丈夫」

「私そろそろ打ち合わせあるから行こうかな」

みんなの関心がすでに離れつつある中、奈美だけが切実な表情で繰り返した。

「ねえ。誰か一緒に捜して、行ってみない？」

律子は黒のショートカットを軽くかき上げ、分厚い銀縁眼鏡に指先でちょんと触れる。ちらりと鏡を見て、一分の隙もない己のスーツ姿を確かめてから、口を開いた。

「奈美。そういう遊びはほどほどにした方がいいよ。行くとしても十分気をつけてね」

「律子はいつもそう言う。あのね、ホストクラブって別に怖いところじゃないから」

「だって……悪い男に騙されて、高いお金を払わされるんだよ」

「そんなの、ごく一部の話。ぼったくりバーと勘違いしてない？」

「でも、もし奈美がそういう目に遭ったらと思うと心配なんだもの」

「そりゃありがたいけどさ、イケメンを拝みに行くのも女の子の幸せのうちだと思わない？」

「遠くから見る程度なら、まあ……」

話が噛み合わない、という顔を奈美と律子は互いに向け合う。

「ま、要するに金をぼったくられるのが心配ってわけでしょ」

奈美は話を変えた。

「その金を払うために借金して風俗に落ちると思ってるんでしょ。問題ありません。そのクラブ、超格安だそうです」

「いくらくらい」

「それがさあ……」

八重歯を見せてにんまり笑いながら、奈美は律子のデスクの周りをくるりと回る。思わせぶりにもほどがある。

「無料なんだって。タダ」

ふうむ。

律子はそっと奈美の額に手を当て、自分の額と比べてみる。

「いや、熱出してるとかじゃないから」

確かに平熱のようだけれど。だが、目が腫れぼったい。少々化粧のノリも悪いようだ。そういった症状に加えて、都合の良い妄想が引き起こされる病気があるのかもしれない。

本棚から「家庭の医学」を取り、めくり始める律子に奈美が追いすがる。

「もう、どうして信じないのお」

「だってありえないもん。もし本当だとしても最初だけサービス価格で、後からむしり取る仕組みなんだよ、きっと」

「疑り深いなあ」

「この世に美味しい話はないよ。美男とか美女って、いわば一種の無形財なわけでしょう。希少性によって価格が決まり、排除性と競合性を兼ね備えた私的財」

「ああ、もう。経済学部はすぐそうやって難しいこと言う。もっと素直な気持ちで楽しめばいいのに」

「素直にって、どういう気持ちなの」

にこにこ笑って奈美が答える。

「仮に騙されたとしても、イケメンというありがたい神様にお布施ができたと考えればいいじゃん。むしろ儲けたようなものでしょ？」

律子は奈美の能天気な顔をじっと見つめ、溜め息をつく。

やはり、話が噛み合わない。

第一章

好きでイケメンに生まれたわけじゃない。

檜山浩一は洗面台に立ち、上半身裸で鏡に向き合いながら、金に染めた髪をかき上げた。洗顔で軽く濡れた髪と整った顔は、自分でもぞくっと来るほど色っぽい。

生前の母と話したおぼろげな記憶では、ロシア人の血が四分の一ほど入っているという。確かに日本人離れした高い鼻だ。とはいえ外連味が強すぎるということもなく、つつましいバランスの範囲に収まっている。涼しげな目元、均整の取れた眉に凜々しい口、小さな顔、そして高い上背に長い足。はっきり言って文句の付け所がない。

髪をごしゃごしゃとかき回してみる。無造作な感じが実にワイルドで、美男子だった。きちんと纏めて櫛を入れ、テカテカの七三分けにしてみる。滑稽の手前でぎりぎり踏みとどまったバランスがまた絶妙で、これはこれでやはり美男子だった。何をどうしようが、美男子は美男子。

あほくさ。

檜山は櫛を放り出した。それからガラス瓶から化粧水を手に取り、顔にまぶしたのち首と耳の裏にもそっと指先で伸ばした。すっかり朝の習慣になっている。

玄関の扉を開くと雲一つない快晴である。気分は悪くないが、やはり俯いて歩ける雨の日の方が好きだ。今日は燃えるゴミの日だったな。玄関脇のゴミ袋を担ぎ上げる。中身はほとんど紙切れなのだが、たっぷり詰まっているので結構重い。

ゴミ捨て場まで持って行き、袋をぽんと置いたところで声をかけられた。

「すみません、あの……」

「はい」

制服を着た女子高生だ。黒髪をポニーテールにしている。容姿は十人並みというか、まあ良くある感じ。嫌な予感がする。

「私たち、いつも朝、すれ違いますよね。ずっと見てました」

「はい」

檜山はやや投げやりに答える。向こうからすれば俺は目立つのだろうけれど、こちらからすれば他の女に埋没した存在に過ぎない。

「これ、良かったら読んでください。失礼します」

強引に檜山の手に封筒を握らせると、女子高生は顔を真っ赤にして走り去っていった。

溜め息を一つ。

動物のプリントされた可愛らしいデザインの封筒は、きらきら光る星形のシールで封がされている。宛名には「名前も知らない貴方へ」と、子供っぽい字で書かれていた。末尾にはピンクのペンで小さなハートマークまで描かれている。

やれやれ。たった今捨てたばかりなのに。

檜山はあたりを見回し、誰もいないことを確認すると、手紙を中心から真っ二つに破った。さらに重ねてもう一度破る。細かい破片にしてからさっき出したゴミ袋を開いて、中に放り込んだ。他の手紙の破片と一緒にして、また閉じた。

*

このデスクいいな。使いやすそう。

律子は空き時間を、家具を物色して過ごしていた。オフィス用品店はお気に入りの場所だ。近々もう一人か二人社員を増やしたいということもあり、サイズをメモしながら真剣に検討していた時だった。

「シュレッダーって、結構でかいんですね」

突然横から話しかけられた。何事かと目を白黒させながら相手を見る。背の高い男性だった。

「家に置きたいんで、もう少し小さいのを探してるんです。何かおすすめ、ありませんか」

金色に染めた髪にばっちり整えたマッシュウルフ。ブラウンの生地に小さな花が光沢感たっぷりにあしらわれたスリーピーススーツに、ブラックのジレとシルバーのネクタイを合わせ、すらりと伸びた足には黒のエナメルシューズが決まっている。二十代後半くらいだろうか。成熟した風味の中になお、ほどよく混ざる若々しさ。ただ立っているだけなのに様になる。

外見で言ったら完全にナンバー入りのホストだった。律子が最も苦手なタイプである。それが無表情に、こちらを真っ直ぐに見下ろしていた。

「もしもし？　聞こえてますか」

どうしようどうしよう。律子は震える手で、メモ帳とボールペンを胸ポケットにしまう。もしかして店員と勘違いされてるんだろうか。確かにここの店員さんとちょっと似たスーツで、ハンドバッグも会社に置いてきたまま。それともこれはナンパされてるんだろうか。あるいは、純粋に相談されてるのかな、誰かに道を聞くような感覚で。

「どういった書類を処分されるのですか」

判然としないまま、律子はとりあえず聞いてみた。シュレッダーなら自分も使っているし、簡単な相談には乗れる。

「手紙です。結構分厚いのもあって。封を開けないまま、まとめて処分できるようなのがほしい。いちいち破るの面倒なんで」

語尾に溜め息が交じった。

「ダイレクトメールですか？」

「いえ」

男はしばし躊躇(ちゅうちょ)したようだったが、すぐにはっきりと口にした。

「ラブレターです」

律子は凍り付く。

「良く貰うんですよ、俺。別に自慢じゃありませんけど」

つまらなそうに続ける男。

なんなのこいつ。

律子はマッシュウルフを睨みつける。が、すぐに目をそらした。感情をはっきり表に出すのは苦手だ。特に相手がこんなに爽やかだと、見つめているだけで妙な気分になってくる。一刻も早く立ち去りたかったが、そう告げる勇気もない。仕方なく律子は切りのいいところまで説明することにした。

「手回し型でしたら、サイズも小さいし、手紙の処分には十分使えると思いますが」

「なるほど」

手回し式のシュレッダーをいくつか手に取って眺め始める男を見ながら、律子ははらわたが煮えくりかえるようだった。

ラブレターを処分だなんて。その手紙に女の子がどれだけ心を込めたか、渡すのにどれだけ勇気がいったか、考えられないのだろうか。断るのは仕方ないとしても、せめて誠意を以って返事を書くべきじゃないの。

両手の拳に力を込めてじっと見つめていた時、男が振り返った。

「じゃあこれをください」

「レジはあちらです。そこで言ってください」

「え？」

「私、店員ではありませんので」

精一杯、不快感を表わしてみたつもり。男は目を丸くして頭を下げた。

「あ、そうだったんですか？　てっきりお店の人だと思って……」

「いえ、いいんです」

「失礼しました！」

「いいんです。では」

「色々教えてくれてありがとうございます。すみませんでした」

意外にきちんと謝ってくれる。丁寧な人じゃないか。せめて嫌味の一つでもぶつけてやろうと、律子は思い切って口に出した。

「ラブレターがたくさん来るなんて、大変ですね」

「本当にそうなんですよ」

即座に返答。

「わざわざ破らなくても、そのまま捨てればいいじゃないですか」

ぷいとそっぽを向いてこぼした時だった。急に男が真顔に戻る。

「そうもいきませんよ。相手の個人情報が含まれてますから。それに、俺が貰ったものなんでね」

律子は瞬（まばた）きする。

「俺が処分するのが最低限の礼儀でしょう」

しばらく相手を見つめてから、また律子は視線を逸らした。何だろ、この人。いい人なのか悪い人なのかよくわからなくなる。

「そう思いませんか」

軽く屈み込み、こちらの顔を覗き込んでくる。何なのだろう、この自然な距離の縮め方。思わず引き込まれそうになる。もしかしたら全てが計算ずくのナンパなのかもしれない。再び猜疑心が鎌首をもたげてきた。

「し、失礼します」

これ以上話していると、心がかき乱されてならない。律子は強引に会話を切り上げると、踵を返して真っ直ぐに出口へと向かった。

頭の中にモヤモヤが残り、ふと置かれていた自動販売機でメロンソーダなど買ってしまった。

*

「いえ、持ってません」

ポイントカードの有無を聞かれ、檜山はそう答えた。

「お作りしましょうか？」

レジ係の女性は甘ったるい声を出す。

「結構です」

ずっと目が合っている。いつもこうだ。俺が誰かを見ると必ず目が合う。その逆は滅多にない。相手の目は潤んで瞳孔が開き、顔は真っ赤に染まり、口は今にも何かを言いたげに軽く開けられていることが多い。いい加減慣れてはいるが、どうして年がら年中発情した女の顔を見て過ごさなくてはならないのか。

「お兄さんかっこいいですねえ。ちょっと割引しちゃいますね」

それも結構なんだがな。檜山は軽く瞼をおさえる。

最後にレシートを渡された時、一緒に手の中に何かを握り込まされた。

「良かったら、またお会いしたいです」

見ると、手書きのメモであった。開いてみるとメールアドレスが、今度食事でも、というボールペン字と共に羅列されていた。

またか。購入したシュレッダーに放り込む第一号はこのメモになるな。ポケットにねじりこんで、檜山は溜め息をつく。シュレッダーは郵送を頼んだが、局留めにしてもらっておいて良かった。誰かに住所を知られるとろくなことはない。また来てくださいね、とウインクを連発する店員に軽く会釈し、レジを離れる。

どっと疲れてしまった。腕時計を見ると、もう三時半を過ぎようとしていた。今日は当番だから、クラブに顔を出さなくてはならない。

行きたくねえな。

いまいち体調が優れない。頭も痛い。朝から女の欲望にさらされてへとへとだ。これ以上女の熱っぽい視線を浴びたら、倒れるかもしれない。危険だ。

少し一人になれるところに行こう。女のいない、静かな場所。安らかな気持ちでのんびりできる空間。

檜山はふらつきながら、店の端にある男子トイレへと向かった。ここなら大丈夫だ。都会の中で唯一の聖域、女に出会う可能性を一切考えなくていい場所。自然と口元もゆるみ、こわばった筋肉が弛緩(しかん)していくのを感じる。はあ、やっと落ち着くことができる……。

一歩踏み入れる。床にデッキブラシをかけていた掃除のお婆(ばあ)さんが、キャッと声をあげると頬を赤く染め、ちり取りで口を隠しながら檜山をじっと見つめた。

檜山はぶっ倒れた。

*

はあ、今日もよく働いた。

通勤電車を降りて、しばらく駅のベンチで一休み。人がはけるのをじっくり待ってから、律子は改札を出た。

大きく息を吸って吐く。少し湿った、落ち着く香りだ。駅前ですらほとんど飲み屋のない、繁華街とは無縁の街。ナンパもほとんどされないし、派手目の男性がそもそもいない、最高の環境だ。

銀杏の並木道を歩きながら、オフィス用品店での出来事を思う。

今日はびっくりした。まさかいきなり話しかけられるなんて。最後は無理矢理会話を終わらせてしまったが、あれが精一杯だった。

鞄の中でメロンソーダのペットボトルが揺れている。甘すぎて、一口飲んだだけでギブアップした。

男性が、特に女慣れしていそうな美男子が苦手になったのは、浅見先輩のせいだ。それまではさほど気にしていなかったのに、彼に出会ってからすっかり恐ろしくなってしまった。思い出すだけで、胸の奥がずきずきと痛む。忘れたいのに忘れられない。心に棘が深く突き刺さったまま、一向に癒えてくれない。

浅見先輩は誰もが認める美男子だった。律子たちの高校のみならず学外にもファンがいるくらいで、ただの学生ながらちょっとした有名人。スポーツ全般が得意で、楽器の演奏もうまい。学業はそれほどでもなかったけれど、とんちんかんな答えをして笑われ、頬を赤らめながらはにかむ顔がまた可愛くて仕方なかった。

そんな高嶺の花だった先輩と私は、たまたま同じ駅を利用していて、いつも同じ時間の弱冷房車に乗っていた。先輩は大抵携帯電話を眺めていて、私は本を読んでいたけれど。ある日先輩が落としたハンカチを拾って手渡し、知り合った。

知り合ってしまったのだ。

寒気を覚えて律子は己をかき抱いた。あの爽やかな眼差し。思わず心を許してしまいそうになる屈託のない笑み。

ああいうタイプと相対するだけで、反射的に身がすくむ。目が合えば鳥肌が立つ。夜道なら悲鳴が出るかもしれない。相手も私のことを捕食せんばかりに身構えている、ような気がする。まるで真剣を持った武士が互いの隙をうかがうような、不穏な空気が流れる。早く立ち去ってくれないかなと心の奥で願いながら、ただ重苦しい沈黙が続く。

うん。

そこまで考えてふと思いあたる。

それとよく似たものを私は知っているような気がする。そう。黒光りする昆虫で、長い触覚があって、かさこそ這い回る、それって……。

「あの、すみません」

完全に自分の思考に沈んでいた時だった。真横からいきなり、手が突き出された。何かと思って見れば、暗がりに男が立っていた。強烈な美男子。

「これ、貰ってくれませんか。未開封なんで」

「きゃあ、ゴキブリが喋(しゃべ)った！」

「は？」

飛び上がって頭を抱える律子。困惑顔の男性。

「あ、いえ、その！　間違えた、その、虫のこと考えてて日本語を取り違えました、すみません、ほんとすみません」

我ながらわけのわからない言い訳だったが、必死に律子は頭を下げる。同時に、意図的に眼の焦点をぼかした。相手をできるだけ直視しないようにという細やかな試みだったが、その整った外見から放たれる光り輝くようなオーラは否応なく肌に伝わってくる。

「ばーさんの視線を浴びてぶっ倒れたら、熱中症と勘違いされて大量に貰ったんですが、苦手で。捨てるのも何なんで配ってたんです。それが最後の一袋」

男性は律子の言い訳以上にわけのわからないことを述べ、お菓子らしき袋を差し出してきた。一刻も早くこの状況を終わらせたかった律子は、目を閉じて必死に「わかりました。貰います。貰いますから」と繰り返した。

「ありがとう。助かりました」

相手はぺこりと頭を下げた。どこかで見た顔である。そうだ、オフィス用品店でシュレッダーを探していたマッシュウルフだ。こちらに気づいた様子はない。

まさかこのあたりに住んでいるのだろうか。律子は渡された袋をまじまじと見る。

塩アメ。

ど、どういうこと。

振り返った時には、マッシュウルフの背中はもう通りの向こうに消えていくところだった。律子の帰り道と方向が同じだ。このままだと気まずい思いで後ろについていかなくてはならない。少し時間でも潰そうかと思った矢先、マッシュウルフはくるりと向きを変え、門を開いて一棟の住宅に入っていった。

律子は息を呑んだ。

完全に門が閉まり、もう一度ぴょっと飛び出したりしないのを遠目に確認してから、そろそろと近づき、その家を見る。

やっぱりそうだ。

前からずっと気になっていた豪邸だった。巨大な門がそびえ立ち、煉瓦造りの塀が何軒分も続いていて、敷地内には幼稚園ほどもある洋館が建っている。木々は綺麗に整えられていて、どうやら噴水や、別館もあるようだった。

どんな人が住んでいるのかとかねがね疑問に思っていたが、まさかあのイケメンの家なのか。門に表札は出ていない。代わりに脇に小さな、注意していなければ見逃してしまいそうな、手作りの可愛らしい看板があった。木の板を削って楕円形にし、そこにペンキで文字を書いたのだろう。

「クラブ　ヒペリカム」

何ということだ。

律子は軽い目眩を覚えて後ずさった。

住宅じゃなかった。こんなところにまでホストクラブがあったのである。きっとマッシュウルフは従業員なのだろう。

手にした塩アメの袋が、わなわなと震える。何なの。ちょっといい人なのかと思いきや、女の子を食い物にする商売をしてたなんて。これだから男性は信じられない。

きっと門を睨みつける。その時、ぱっと洋館に明かりがついた。

み、見つかったのかな。

慌てて律子は素知らぬふりをして、その場を離れた。

＊

がりがりがりがりがり。

檜山はシュレッダーのハンドルを回しながら、箱の中に溜まっていく紙切れを眺めていた。使ってみると案外面白い。もう家にあった紙ゴミは裁断し尽くしてしまい、クラブにまで持ってきてしまった。不要なチラシなどを入れて遊んでいる。

その時、扉が開いてベルが鳴った。慌ててシュレッダーを机の下に隠し、檜山は玄関にまで歩いて行く。そこに立っている女の姿を見て、直感した。

こりゃ、ちょっと厄介な客が来たかもしれない。

「ここ、ホストクラブでしょ？」

玄関ホール中に響くほどの大声を、金髪の女性が放つ。

「今日めっちゃ暇だから、遊びに来たの。もてなして！」

すでに酔っ払っているらしく、呂律（ろれつ）が回っていなかった。

檜山は女を一瞥（いちべつ）し、素早く分析する。さほど華のある顔じゃないが化粧は手慣れている。ラメの入ったアイシャドウ、唇はこれでもかってくらいのルージュ、ファンデーションはマット系か。カラーコンタクトまで入っている。男と会うための化粧だ。それも暗い店内で映える、典型的な夜メイク。

所持品はどんなもんか。バッグはシャネル、財布はサマンサタバサ、胸の谷間を思いっきり出したカットソーにスカート、ネックレス。全身ピンクとホワイトとゴールド塗(まみ)れときた。

「うちはホストクラブではありません」

アハハ、と大口を開けて笑う女性。

「嘘(うそ)ついたってダメダメ。どう見たって、お兄さんホストでしょ。お兄さんみたいな人、歌舞伎町でいっぱい見たことあるよ！」

どう説明したもんかね。そもそも会話が成立するだろうか。

「でも、お兄さんくらいかっこいい人って、あんまり見たことないかもー。ね、今日は私と飲もうよ」

つかつかと歩み寄ってくると、檜山の目の前でにこっと笑う。

「ホストクラブなら、それこそ歌舞伎町に行った方がいいですよ」

「うん、でもさあ、インターネットで調べたらここが一番近いホストクラブって出たから。こんな住宅街にあるのかなって思ったらびっくり、本当にあったし」

どこのサイトだ、適当な情報を載せやがったのは。

檜山は眉間に皺(しわ)が寄りそうになるのをこらえた。

「ほんと、見れば見るほどタイプ！　もっと近くで見たーい」

女はぐいと胸元ににじり寄り、上目遣いで瞬きする。

男に対する距離感が近い。適度な隙も感じさせる。水商売ではそこそこ指名が取れるタイプだろう。所持品から逆算した収入予想も加味して考えると、そうだな。檜山の頭の片隅で、分析を基に数字がはじき出された。

俺なら、こいつから五百万は搾り取れるな。Bランク。

暫定の数値である。まずは直感でいい、荒くイメージしておいて、新しい情報が入れば都度更新して精度を上げていく。そうして客を仕分け、順位づける。文字通りの品定め。

檜山がホストの世界で生き抜くために身につけた習性だった。

やめろ、俺。

檜山は整髪しているのも忘れて頭を軽くひっかく。

今の俺に、そんな分析は必要ない。

しかし動物が一度手に入れた能力は、そう簡単に手放すことはできないものだ。ヒペリカムに移籍してからもう二年が過ぎるのに、梅干しを見れば唾液が出るごとく、女を見ればいくらになるか考えてしまう。

深呼吸しろ。それから落ち着いてゆっくり、こいつを追い出すんだ。

檜山は口角を上げた。

「繰り返しますが、ヒペリカムはいわゆる、普通のホストクラブではありません。ご想像されているようなサービスは、うちではやっていないのです」

「えー、うっそー。そうなの？」

「はい。よろしければ、ご希望に添うような店を紹介しますが」

「えー。今から別のとこ行くのぉ。やだ、もう歩けなーい」

「タクシーをお呼びします」

「私、車酔うしい」

「じゃあ台車をお貸しします」

「えー、マグロみたいに出荷されちゃうのぉ。お兄さん、面白いこと言うねえ。台車って飲酒運転になる？」

「軽車両に分類されますので、酒気帯び運転にはなりえますね」

「えーやばいじゃん」

「でも、マグロに人間の法律は適用されませんよ」

「なら、あんしーん」

独特なノリの女だな。このまま体よく追い払うとしよう。

「お帰りはこちら」

檜山が出口へと誘導しようとした時だった。玄関の大きなマホガニードアが開き、ブラスドアベルが軽やかに鳴った。

「これはこれは。麗しきお嬢さん、いらっしゃい。初めまして」

そこにはスーツのよく似合う、一人の紳士が立っていた。

「どうも。わたくし当クラブのオーナー、春日部誠と申します」

さっと山高帽を取り、深々と礼。ポケットチーフの白いフリルがちらりと胸元から覗く。

「あ、あの、ハイ。私、ハルコです」

その気品に気圧されてか、女も思わず敬語が出たようだ。春日部は白いものがわずかに交じる口ひげをきゅっと上げると、檜山にも礼をした。

「ごきげんよう、檜山君。君も相変わらずかっこいいね」

慌ててそれに応じ、頭を下げてから聞く。

「春日部さん、どうしたんですか。帰国、今日でしたっけ？」

「ううん、忘れ物を取りに来た。またすぐ出るよ」

「忘れ物？」

「天気予報を見たら、あっちは猛暑だって言うじゃないか」

春日部は照れ隠しのように笑いながら、首元のピンクのタイを親指で引っ張ってみせる。

「ブルーのタイも持って行きたくなってね」

「あっちって、イタリアが？　そんなの現地で買えばいいでしょう」

「しっくり来るものを使いたいからね。とっておきのがあるんだ。レティーツィアが僕のために選んでくれたやつさ」

「また別の女ですか」

「あれ？　紹介してなかったかな、レティーツィアは」

「知りませんよ」

　檜山はにべもなく言ったが、春日部は目を輝かせて身を乗り出す。

「じゃあ、会う時をお楽しみに。面白い子だよ、ローマの文房具屋で働いていてね、新しいインク技術なんかに妙に詳しいんだ。知ってた？　ボールペンのインクには三種類あるんだって。文房具って何気ない道具だけど、歴史的には凄く奥が深いよね。で、君はどんなお仕事をしているのかな？」

　唐突に話を振られて、ハルコはびくっと震える。

「どんな世界にも魅力があって、奥が深い。時間さえあれば色々聞いてみたいところですが、残念。あなたは素敵な女性だ、ぜひ楽しんでいってください。檜山君、ちゃんと彼女をもてなしてあげてね」

　こりゃまずいことになったぞ。せっかく追い払えそうだったところなのに。

　ブルーのタイとやらを取りに階段を上っていく春日部を追い、檜山は慌てて声をかけた。

「待ってください。この子、勘違いしてるんです。ヒペリカムをホストクラブだと思ってるんですよ。ただ酒が飲みたいと言って、話を聞かないんです」

　はっはっはと笑いながら春日部。

「ここがホストクラブ？　どうしてもここで、酒を飲みたいって？　いいねえ。オリジナリティがある。まあ、それも一つの『悩み事』と言えるんじゃないか」

「何ですって？」

「この件は檜山君が適任じゃないか。見事に解決してやってくれたまえ、昔取った杵柄ってやつで。よろしくね、ああ僕のことならお構いなく、勝手に取って勝手に出て行くから」

誰もあんたの心配なんてしていない。

「ここに来るときに言いましたよね。俺はもう、前の自分は捨てるって」

檜山は食い下がったが、春日部は足を止めない。

「過去を捨てるには、過去とちゃんと向き合わないといかんよ。って、偉そうに私が言うようなことじゃないよなあ」

よくわからない独り言を呟きながら、あっという間に視界から消え去ってしまった。

「さっすがあ。オーナーは、懐が深いねえ」

目の前で、ハルコが勝ち誇ったように笑みを浮かべている。檜山は歯ぎしりした。俺はつくづく運が悪い。よりによってこのタイミングで春日部さんに出くわすとは。全く、あいつは女性とみればすぐに甘やかす。おかげでこの酔っ払いに大義名分を与えてしまった。

「それにファッションセンスもいい！　あのスーツ、絶対ブランド品だよね。素敵。檜山ちゃんも見習った方がいいよ。そんな、商店街で売ってそうなド派手で安っぽいジャケットじゃなくてさ」

「気をつけます」

これ、グッチのラグジュアリーモデルなんだがな。

「とにかく、これで問題ないってことでしょう。今日はよろしくね、檜山ちゃん」

「わかりましたよ」

仕方ない。これも仕事か。

「そうと決まったら、敬語やめない？　距離縮めようよ」

本当になれなれしい奴だな。

「わかった。じゃ、こっちに来て」

「あ、檜山ちゃん、下の名前は何て言うの？」

「……浩一だけど」

「浩一、今日は熱い夜を過ごそうねえ」

甘ったるい声を出しながら早くも檜山の腕に絡みつき、頬を擦りつけてきた。案内する振りをして振り払い、スーツについたファンデーションを払い落とす。

やれやれ、妙なことになってしまった。

檜山は改めて、ハルコを館内へと招き入れる。

おおー、とハルコがあたりを見回して歓声を上げげた。

「なんか凄い綺麗だね」

「元はとある富豪の邸宅だったそうだ」

ある意味、地味。もう一つ言えば、古い。

洋風の白柱はどっしりと構えてホール全体を支え、見上げるはどの高さからつり下がったシャンデリアは、蝋燭に似た暖かみのある光であたりを照らしている。らせん階段が吹き抜け式の二階廊下に繋がっており、左右対称に扉が並んでいるのが見えた。装飾品は最低限、しかしところどころに彫刻、絵画、花の活けられた瓶などが置かれている。そのどれもが内からあふれ出るような迫力に満ちていて、おそらくかなり値のはる「本物」であろうことが、ほとんど美術に興味のない檜山にすら感じ取れた。

「でもホストクラブとしては地味だなあ。前に行ったところでは、金色のマーライオン像が虹色にライトアップされた水を吐きながら回転してたよ」

それはさすがにセンスを疑う。

「まあ、ホストクラブといえば派手な内装ってイメージはあるかもな……こっちがバースペースになってる」

その一室には火のついていない暖炉が一つ、手前にはバーカウンター、さらに品の良いソファやテーブルが三、四組ほど並べられていた。老婦人が一人、若い男性と一緒にグラスを傾けている。

「わあ、お洒落。映画に出てくる外国のお屋敷みたい」

「あちら、奥の席にどうぞ」

「私、暖炉の横にきーめた。かっこいいから」

ハルコは檜山の指示を無視し、ヒールをカツカツ鳴らして部屋を走り抜けると、暖炉脇のソファにぴょん、と飛び乗った。

視線を感じる。

檜山はバーカウンターでグラスを攪拌していた。その手元をハルコが、ソファから身を乗り出して見つめている。きらきら目を輝かせて、嬉しそうに微笑みながら。軽く振り返ると、キャッと叫んでソファの陰に引っ込んだ。何なんだあいつは。

「はいどうぞ。希望通りに薄めにした」

「わあ！　美味しそう、ありがとう」

ジントニックを持って行くと、ハルコは能天気な声で叫び、グラスを横から眺めた。

「この、アルコールが水の中でぐにゃーんってなってるのを見るのが私、凄い好きなの」

檜山は苦笑しながら隣に腰掛けた。

「君、変わってるね」

「でしょー、良く言われる。浩一も何か飲めば？」

「付き合えって言うなら飲まないでもないけど、その場合は金を取るよ」

「わかってるって、ホストクラブなんだから当たり前でしょ。ほら、好きなものなんでも飲んで」

「やっぱり面倒だから水でいい？」

「だーめ。一緒に飲むの！　一人でなんて落ち着かないじゃん」

「わかったよ」

再びカウンターに立つと、手早く自分の飲み物をこしらえる。その間ハルコはまたしてもこちらを見つめていた。

昔はこういうちょっとした時間に、情報を整理して暗記したものだ。もちろん、全て頭の中で。

ハルコ、暫定Bランク。水商売風。初来店日、八月十四日火曜日午後八時二十分、インターネットで検索して一人でやってきた。ジンは薄めが好き、アルコールが水の中でぐにゃーんとなるのを見るのが好き、タメロ希望、暖炉の横の席が好み、灰皿の位置を気にしないので喫煙者ではない、ホストクラブにはかなり慣れた様子、財布の紐は緩い。かなり俺を気に入った模様。

檜山の脳には膨大な量の顧客データが、今なお保持されている。

「じゃあご馳走になります」

カチンと音を鳴らして乾杯し、自分の作った酒を口にふくんだ。

「へへ。一緒に飲むと美味しいね。はー、やっぱり落ち着くな、この感じ」

口元を指で拭っているハルコの顔を眺めながら、微笑んでいる自分に気がついた。意識してのことではない。顔を作っているのだ、自分の筋肉が、ホストとしての本能が。

やれやれ。

どうにも、昔のことを思い出す。

たくさんの客と、こうして飲んだ。最初に先輩のヘルプで相手をしたOL、興味本位でやってきた若い男性、初めてシャンパンコールをしてくれた中年女、何人もの太客たち、揉め事を引き起こしてくれた地雷客ども、そしてホストクラブを辞めるきっかけになったあの女性。

　その面影が、歴史が、早回しで網膜の裏側に蘇る。

「ねー。この店って全然人いないんだね」

「ああ。だから酒も自分で作る」

「変なの。でも浩一って、結構ベテランのホストでしょ？　なんかそんなオーラ出てるもん」

「まあね。十年以上やってるから」

「へえ。じゃあ意外に三十過ぎ？」

「まだ二十代だよ」

　この話は、昔から何度もしている。身の上話は、初回の話題としては鉄板だ。

「俺、年偽って十六からホストしてたんだ。当時はそういうところがゆるくてね。結構売上げも良かったから、若い頃から何となくリーダー的なポジションにいた」

「すっごーい。浩一って、できる男なんだねえ。でもどうして、そんなにすぐ働かなきゃならなかったの」

「家を出たくてね。父親が苦手だったから」

「浩一のお父さんって、何してる人なの」

次々に質問ばかりする女だ。頃合いを見て、檜山は相手に水を向けてみる。

「俺のことばっかり聞くな。ハルコも自分のこと教えてよ」

「えー！　はぐらかさないで、知りたい知りたい」

「じゃあこうしようぜ。一回会う毎(ごと)に、一話ということにしよう」

しまった。つい、言わなくてもいいことを言ってしまった。次の来店に繋げるためによく使った言い回しだった。

「一話って何さ」

今さら撤回するわけにもいかない。やむを得ず、檜山はお決まりの文句を続けた。

「テレビドラマみたいなものさ。そうだな、だいたい十二話くらいで完結すると思う。ほら、俺って色々秘密のある男だから。語り尽くすにはどうしても時間がかかるんでね」

「ワンシーズン、十二回は多くない？」

「テレビ局に言えよ。でも大丈夫、だいたい三回か四回で一つの事件にケリがつくようになってるから」

ハルコがけらけら笑った。

「刑事ドラマみたいに」

「そう。一話目で事件が発生、謎を残して不穏な終わり方。二話で推理する材料が揃って、見通しがついて……三話で解決、どんでん返し。どう？　来週も見たくなるだろ」

「どうかなーっ、微妙って言ったら」

「いや、お買い得だよ。映画一本見るよりもさ、俺の本邦初公開、涙あり濡れ場ありの話、酒飲みながら聞くのって楽しいと思わない？」

「ふふ、いいかもね」

まいったな。笑って貰えるのはいいが、これじゃまた来るぞこいつ。できれば今日限りにしたいんだが。

「どうしたの、浩一？」

「ん？　ちょっとほら、何かいる。見える？」

「え？」

思わせぶりに天井を見上げて、つられたハルコの口にナッツを放り込む。

「わ、ちょっと！　引っかけたね」

「いただろ？　妖怪ナッツ食い女が」

「笑わせないでよ、もう」

まあ、やってしまったものは仕方ない。もう知らん。なるようになるだけだ。


そこから時間が過ぎるのは早かった。接客術は今なお衰えていないようで、二人で盛り上がり、笑い合い、そして深夜になった。

「今日はありがとう、浩一」

ハルコは出口で一度振り返った。檜山は頷く。

「いや。楽しんでくれたなら、何よりだよ」

これでようやく、解放される。安堵を隠しつつ作り笑いをした。

「それにしても、あんな料金で本当に良かったの？」

請求したのは二千円そこそこだった。

「ああ。飲食しなければ無料だよ」

「本気？　最近の初回サービスって凄いなあ」

確かに大抵のホストクラブでは、初回は二千円程度に抑える。初来店のハードルを下げ、また来ようと思って貰うためである。高額のシャンパンだの何だのをおねだりするのは「育て」が終わってからだ。

「でも私、むしろ好きなホストには、貢ぎたいタイプなんだけど」

「別にサービスってわけじゃない。ここはそういうクラブなんだよ。酒も食べ物も、実費だけ取るしくみなんだ」

「えー、そんなクラブあるのお？」

「あるんだよ。俺だって今日みたいに接待するのが仕事じゃない。本当は、お客さんの『悩み事』を聞いたりするためにいるんだ」

「それ営業トーク？　面白い趣向だなあ」

ハルコは相変わらず大口を開けて笑う。全く信じていないようだ。まあ無理もないか。

俺だって最初に春日部さんにそう聞かされた時は、一笑に付したもんな。

「お前、なんか悩み事はないの？」

「悩み事、ねえ」

ハルコはちらり、と檜山を見た。

「あるなら聞くよ。解決できるかどうかはわからんが」

しばらくハルコは考え込んでいたが、ふとにんまり笑う。

「浩一っていう素敵なホストに巡り会えたのに、何だかんだと屁理屈をこねて、お金を使わせてくれないのが悩みでーす」

やれやれ。

檜山は深い溜め息の後に、ぼそりと告げた。

「なんでそんなにホストに金使いたいんだよ」

「え？　だって好きな人に、喜んで欲しいのは当たり前でしょ」

「お前ね、そんなんだと、簡単にホストに騙されて金をむしり取られるぞ。やめとけ」

「ええ？」

ずっとにこにこしていたハルコが目を見開き、しばらく硬直した。

「……びっくりしちゃった。まさか、そんなこと言われると思わなかったから」

「意外だったか？」

「い、いや。そっくりな意見だったから。知り合いと」

「知り合い？」

「うん。その、お姉ちゃん」

「お前、姉ちゃんいるんだ」

　ハルコはこくりと俯く。

「うちのお姉ちゃん、凄い潔癖なんだよね。真面目で、大学を出て今は小さい会社の社長さんやってるんだけど、異性関係は清潔であるべきっていつもうるさいんだ」

「妹と随分違うもんだね」

「そう！」

　ハルコは檜山を指さし、大きく頷く。

「だからホストクラブなんて絶対お姉ちゃんの中じゃありえないの。不潔だし、ホストなんて全員金目当ての醜い男だって。私が夜遊びしてると、めちゃくちゃ怒るんだよ。こないだなんてそれで、半分絶縁みたいになっちゃった、ハハ」

　笑いながら、ハルコは軽やかに外に飛び出した。

「また来るね、浩一！」

「お前、俺の話聞いてたか」

「ホスト遊びは私の命だから、やめられっこないよ。でもほんと、楽しかった。今通ってるホストクラブやめて、こっちに乗り換えようかなあ」

　ぶんぶんと大きく手を振って、門まで歩いていくハルコに、檜山は何となく聞いてみた。

「何て店？」

「え？」

「今通ってる店の名前」

ハルコはちょっと考えてから、檜山の懐に素早く入り込んだ。そしてそっと耳打ちした。

ドールズ・バッドトリップ。

店名を聞いた檜山は、ハルコに手を振り返しながら、しばらく呆然と立ち尽くしてしまった。

＊

「朝からご苦労様、藤堂さん」

ぱたんと商品カタログが閉じられる。どきどきしながら見つめている律子に、十勝沙由紀がにっこりと微笑みかけた。

「今度の新商品もとても素敵でした。うちでも扱わせていただけること、とても嬉しく思います」

「ありがとうございます！」

十勝は律子の憧れの女性だ。洗練されたスーツの着こなしはもちろん、若くして百貨店の販売課長を務めるその能力、男性相手にもまるで物怖じしないタフさなど、会うたびにいつか自分もこんな風になりたいと思わせられる。

「じゃあ追って連絡しますね。藤堂さん、この後お昼でもどうですか」

　十勝の方も律子を可愛がってくれているのか、何かと食事やお茶に誘ってくれるのが嬉しかった。

「ありがとうございます。でも、次の訪問先がありますので……」

「そう、じゃあまた今度行きましょう。エレベーターまでお送りしますわ」

　律子は立ち上がり、十勝の後について応接間を出た。廊下を歩く途中、ふと十勝の白く細い指に輪がはまっているのが目に留まる。

「あっ」

「ん？　どうしました」

「いえ。あの、十勝さんってご結婚されてるんですか」

　左手の薬指をひょいと挙げて、十勝はくすくす笑った。

「ああ、これね。ううん、旦那どころか彼氏もいないの。ちょっとした、男避(よ)けのお守りみたいなものです」

　律子は頷いた。

「ちょっとわかります。私も仕事中は黒のスーツしか着ないんです。みんなには、もっとファッションブランドの社長らしくお洒落にしてって言われるんですけど」

「服装一つで、態度変えてくる人っていますからね」

「そう！　そうなんです。だから私、同じ黒のスーツを五着くらい持ってます。隙を見せたくなくて」

「いいんじゃないですか。無理にお洒落を気取るよりも、自分の気に入った服を着た方が、ずっと魅力的だと思いますよ。それはファッションブランドの社長だろうと何だろうと、同じ」

「十勝さんにそう言って貰えると、安心です」

ほっと息をつき、それから律子は何気なく聞いた。

「十勝さんもその指輪、気に入ってるんですか」

「え？　そうね。気に入っているというほどでもないけど」

十勝はくるりと掌（てのひら）をひっくり返し、改めてその指輪を眺める。ゴールドのリングに蝶々（ちょうちょう）の形の石座がちょんと載り、ピンクの石がはまっていた。どちらかと言えば可愛らしいデザインで、大人の女性というイメージの十勝がはめているのが意外だったのだ。

「なんか昔から手放せないんですよ、これ」

照れたように頬を赤らめる十勝が、微笑ましかった。

十勝さんの指輪、誰かからのプレゼントなのかな。

銀杏並木を駅に向かって歩きながら、律子はとりとめもなく考える。

でも、彼氏はいないって言ってたしなあ。十勝さんほど素敵な女性だったら、色んな人から贈り物はありそうだけど。

ふう。

私はと言えば、あまりプレゼントにいい思い出がない。

「これ、貰ってくれないかな」

浅見先輩に小さな紙袋を差し出された時のことは、今でも鮮やかに思い出せる。駅の改札前で、全く思いがけずに声をかけられたのだ。あの人、浅見さんの何？　などと周りからひそひそ声が聞こえる中、頷くのが精一杯だった。

「ハンカチを拾ってくれたでしょう。大したものじゃないけれど、そのお礼なんだ」

あの涼しげな目が真っ直ぐに私だけを見つめていた。柔らかい唇が震え、かすかに頬が赤らんでいた。

おそるおそる受け取ると、浅見先輩は「もし嫌いだったら捨てちゃっていいから。突然、ごめんね」と早口に言って、すぐに立ち去ってしまった。それから家に帰るまでの間、心臓が爆発して死んでしまうんじゃないかと思った。鞄の中で紙袋が熱を発しているような気がして、道すがら体がぽわぽわ浮くようだった。

まあ中身は使い捨てカイロだったので実際に熱を発していたわけだが。本当に大したものじゃなかったわけだが。

それでも、冷え性で冷房にも冬にも弱いという話を覚えていてくれたのが嬉しかったし、うっかり封を切って渡してしまう先輩のおっちょこちょいっぷりに、ますます胸が熱くなったのだった。

そして私はお礼にクッキーを焼いて渡し、そのお礼ということで映画のチケットを貰って、またそのお礼にケーキを作って。

いつの間にかプレゼントを贈り合うのが習慣のようになっていき、高校二年生の時に私は思い切って告白し、浅見先輩と付き合い始めてしまうのだった。

あの最初のプレゼントにのぼせあがらなければ、辛（つら）い思いをせずにすんだのに。唇を噛む。それから自分に言い聞かせた。

嫌な思い出は早く忘れよう。そして、新しい恋をするんだ。

ふとビルの間に小さな赤い鳥居が見えた。恋愛祈願でもしていこうと思い立ち、律子は石段を登った。

手水舎（ちょうずや）で手と口を清め、賽銭箱（さいせんばこ）に五円玉をぽいと放り込む。がらんがらんと鈴を鳴らして目を閉じ、頭を下げた。

いい出会いがありますように。別にイケメンじゃなくていいです。むしろこれまであんまりモテなかったくらいの人がいい。その代わり、女の子を騙したりしない、大人しくて優しくて、素朴で物静かな男性がいいな。そして、ゆっくり少しずつお付き合いをしていくの。地道に、小さな幸せを積み上げて。

そんな人と出会えたら、いつか一緒に神社に来よう。そして肩を並べて祈るの。祈り終えて隣を見ると、同じく祈り終えた彼と目が合う。

「何をお祈りしたの？」

そう聞かれたら、私は答える。

「大したことじゃないの。こんな幸せがずっと続きますようにって」

そしたら彼も恥ずかしそうに教えてくれる。

「一緒だね」

なんてね。

聞こえてくるのは鳥の声、そして二つ先の通りを抜けるバスの音。

ううん、私は何て恥ずかしい妄想をしているんだろう。この辺で切り上げよう。目を開き、ふと横を向く。隣にマッシュウルフがいた。

すぐに目を閉じる。

それからおそるおそるもう一度、薄目を開けて隣を確認する。

マッシュウルフがいた。相変わらず端整な顔で、ド派手な服で、なにやら両手を合わせて真剣に祈っている。

「ぁ……あわ、あわわ、わ……」

もはや悲鳴すら上げられなかった。律子は風船から空気が抜けるように、ゆっくりとそこにへたり込んだ。このままじゃやばい。身を隠さなくては。律子は羽織っていたジャケットを防災頭巾のように頭からかぶり、体育座りで膝の間に頭を入れていく。

「……大丈夫ですか」

見かねたマッシュウルフが声をかけてくる。

「大丈夫です……」

蚊の鳴くような声で何とか答える。

なんでこんなところに、あなたがいるの。

「気分でも悪いんですか」

「ほんとに大丈夫です。こういう祈り方なんです私。その、えっと、戒律なんです」

我ながらわけのわからない言い訳だったが、必死に律子はジャケットで作った簡易テントに潜り込んだ。先ほどのお祈りデート妄想をのぞき見されたような気がして、恥ずかしくてならない。

「昨日客に聞いた店名が悪夢を彷彿(ほうふつ)とさせる名前だったせいか、夜中変な夢見てうなされてたらしくて。一応お参りにでも行こうかと、散歩がてら来たんです」

マッシュウルフは律子の言い訳以上にわけのわからないことを述べ、拝殿に向かって一礼した。そしてぼそりと、去り際に言い残した。

「一緒ですね」

いや、一緒じゃない。

「お互い変わった参拝で」

そういうんじゃない。嬉しくない。ときめかない。

ああもう、一体何なの、この状態。

長い時間をかけてから、律子は甲羅に閉じこもった亀状態を解除して立ち上がった。

もう境内にマッシュウルフの姿はなかった。それでもすぐに神社を出たら、また出くわすかもしれない。悶々としたあげく、普段は買わないおみくじなぞを買ってしまった。

＊

ドールズ・バッドトリップか。ハルコの口から、懐かしい名前を聞くとは思わなかったな。

檜山は煙草に火をつける。玄関ホールで吸っているところを春日部に見つかったら怒られるが、どうせ留守だから気兼ねなく吸う。

考えてみりゃ、凄い名前だ。悪夢そのものみたいな。

でも、悪夢を見たのは自分のせいだ。

二年前、一念発起して歌舞伎町の店を辞めた。これまでの自分を全部捨て、「ヒペリカム」で夢を叶えようと決意したのだ。だけどどうだ。俺の根っこはちっとも変わっちゃいない。染みついた昔の自分が、いつまでも抜けないのだ。

天井に向かって大きく息を吐くと、煙がシャンデリアの前で広がった。

時々、ここに来たのは間違いだったのではと思う。元の世界に戻った方が楽に生きていけるんじゃないか。

何で春日部さんは、俺にハルコを担当させたんだ。追い返したって良かったはずなのに。へらへら笑っていたが、深い考えがあるとでも言うのだろうか。

「過去を捨てるには、過去とちゃんと向き合わないといかんよ」

春日部の言葉を思い出し、改めて大きく息を吐き、煙草を灰皿に擦りつけた。

もう少しだけ、頑張ってみるか。

ぱらぱらと週刊誌やファッション誌をめくりながら、檜山は二本目の煙草に火をつけた。


「どうもー。浩一いる？」

夜、ハルコの声がする。相変わらず能天気な声で、はしゃいでいる。

「また来たよー。もう店は開いてる？」

ちらっと横目で見てから、すぐに目を伏せる。

こいつ、本当にホストクラブに来る典型例みたいな風貌してるんだよな。外見というよりは、オーラというか、気配というか。だから俺も、ついつい昔の自分に戻ってしまう。

ホストの客としては一番楽なタイプの女だ。

本来ここまで教育するのが大変なんだ。惚れ込ませて、貢がせるのが。確か、東京に憧れて秋田から出てきた女子大生がいたな。親のなけなしの仕送りを全部つぎ込んだあげく、俺に借用書を書かされた上で風俗に沈んだ。大学生活をソープランドとホストクラブで過ごし、最後はぼろぼろになって田舎に帰っていった。彼女が東京で積み上げたのはシャンパンタワーだけ。

あの子は完璧に俺に惚れていた。惚れすぎて、他に何にも見えていなかった。

「もしもーし。浩一。聞いてる？　私が見えてる？」

ハルコが目の前で手を振っているが、焦点を合わせない。

愚かな女だった。ちょっと優しくされただけで、俺をとことん信じてしまうんだから。まともに頭を働かせればわかるはずだ、ホストは女性に対して優しくしているわけではない。札束の機嫌を取っているだけ。

自分だって同じだったろうに。

ソープランドで客の相手をしている時、男のために優しくしていたか？　札束のために愛の言葉を吐いて、キスするんだろうが。当たり前のことなのに、立場が逆転するだけで本質が見えなくなってしまう。だから愚かだというんだ。

いや、もしかしたら愚かでいたかったのかもな。気づいていても、見ない振りしないといけないこともある。そうじゃないと、自分がもたない時というものが。

「今日はこんなに持ってきたのになー」

そして俺の前には妙な女がまた一人。財布を開いて中の札束を見せつけながら、胸の谷間まで一緒に見せつけてくる。さすがに無視も限界か。

「もうホスト遊びはやめろって言っただろ」

「へへ。第二話、聞きに来たの」

「第二話？」

ハルコはきょとんとする。

「自分で言ってたくせに。テレビドラマなんでしょ、浩一の過去は」

そうだった。そんなことを言ってしまったのだ。過去の自分が恨めしい。

「仕方ないな。おいで」

立ち上がり、灰皿を持ってバースペースへと案内する。今日は誰もいなかった。ハルコと檜山、二人きり。

「暖炉の横がいいんだっけ？」

「私、あのテーブルにきーめた。一番広いから」

ハルコはやはり檜山の提案を無視し、きょろきょろあたりを見回しながら部屋を突っ切ると、真ん中の机に陣取った。


ソーダ割りをそっと口の中に流し込む。苦味が舌の側面に残り、炭酸で溶かされて消えていく。

「ってわけで、母親は俺が小学生の頃に死んじまった。父親は相変わらず懲りずに覚醒剤の売人をやってた。二回も捕まったくせに、反省の色は全くなし。そんな家にいる意味ないだろ？　稼いだって、金は全部親父に取られるんだから」

「浩一って、凄い家庭環境だね」

「まあね。ちなみに親戚と呼べる存在は一人もいなかった。両親は駆け落ち同然だったらしく、両家から絶縁状態」

だからまあ、女をソープに沈めようが、債権回収業者に借用書を渡して締め上げようが、さほどの罪悪感はなかった。結局、彼女たちには帰る家がある。俺よりはましなのだ。

「なんか、第二話で大分しんみりしちゃったなあ」

　さすがのハルコも、ちょっとテンションが下がったようだ。静かなバースペースには、二人の声だけが響き渡っていた。活気があるとは言いにくい。

　そんな状況が嫌になったのか、ハルコがぽんと手を叩いた。

「なんかますます、浩一のこと応援したくなってきちゃった。ちょっとさあ、パーッと盛り上げない？　ほら、高いお酒でピラミッドみたいなの作るじゃん。ああいうのいいなって思う」

　シャンパンタワーのことか？　えらく唐突だな。

「お前、よくホストクラブでそういうことやるのか」

　ハルコはジントニックをぺろり、と舌を出して舐めた。

「やったことはないけど、いつか運命感じた人のためにできたら、いいなーって思ってるんだ」

　ちらりちらりとこっちに流し目を送ってくる。それは本命ホストに数十万から数百万、ぽんと出すと宣言しているようなものだが。

「あとシャンパン頼むと、みんなが来て一気して、盛り上げてくれるじゃん。あれもいいよね」

「ああ、シャンパンコールね」

「そうそう、コール。コールは何度かやったことあるよ。凄く楽しかった！　やっぱホストクラブはああじゃないと」

思ったよりもずっと財布の紐が緩いらしい。

「ね、浩一。この店も、シャンパン頼むとみんなが来てくれたりするの？」

「まあ、やれないことはないけど」

「へー。ちょっと興味あるなあ。今からでもできる？」

「金がかかるぞ」

「お金取られるから、いいんじゃない。そういうものでしょ」

檜山はグラスを置き、ハルコをまじまじと見つめた。本気の目だ。

「ねえ、浩一。コールぅ」

経済的にも心理的にも余裕のない新人ホストなら、もちろん！　と食いつくかもしれない。入ってきたばかりの琢磨なんてまさにそうで、何度も注意したものだ。檜山はふっと笑い、首を横に振った。

「やめとけよ。あんな高い酒」

ここは引くべきだ。昔の俺でもそうしただろう。目先の利益にがっつけば女に舐められるだけ。本当に利益を大きくしたければ今後の信頼を買うべきなのだ。「育て」スタイルでならした檜山としては、常套手段だった。

「……え？」

ハルコはきょとんとして首を傾げた。

「一番安いドンペリの白で、普通に買っても二万くらい。店価格ならその三、四倍取るんだぜ」

ちん、と檜山は指先でグラスを揺らした。

「開けるとしても、もっと特別な日にしようや。今日はこれで、静かに楽しむのがいいと思うな」

ま、こんなところだろう。

ハルコがじっとこちらを見ている。この人はこれまで会ってきたホストとは違う、とでも思ってんのかな。

「ハルコは、どんな仕事してるの？」

質問がさらりと口をついて出た。

「えー、なんで？」

「君のこと、もっと知りたいからさ」

これも何度も繰り返した言葉だった。早いうちに客の職業を聞け。これも琢磨に口酸っぱくして教え込んだことだ。

「でも、ちょっと言うの……迷うなあ」

「どうして？　俺、職業に偏見はないけど」

ホストが職業を確認する理由は二つだ。一つは、生活リズムや収入状況を確認し、攻略の手がかりにするため。そしてもう一つは、ある重要なセリフを言うためである。

「何て言うか、そのお。たとえば、たとえばだよ。夜の仕事だって言っても？」

おずおずと、怯(おび)えながら。でもいつか言わなければならないことだから、勇気を出して伝えておきたい。ハルコはそんな顔だった。

檜山は何だそんなことか、と笑い飛ばしてやる。

「気にするわけない。お客さんにはキャバクラ嬢や、風俗嬢だって多いんだ。立派な仕事だし、そういう人のおかげで俺らだって飯食ってけるんだから」

どうあれホストは、どこかのタイミングでこう言わなくてはならない。要するに「お前がそういう商売をしても、俺は態度を変えずに付き合うよ」という宣言である。客が安心してキャバクラや風俗で働くことができるよう、伏線を張っておくのだ。

とはいえ、「売上げがどうしてもあと百万欲しい。風俗やって稼いできてくれ」とお願いする段階で「風俗には偏見ないから」などと言っても、もうあからさまに白々しい。もっと早い段階で、クリアしておかなくてはならないのだ。

「そっか。良かったあ……」

ハルコはほっとしているようだった。

「だけど、まだ言えないや。秘密」

「何だよ。教えろよ」

「だーめ。恥ずかしいし。そのうちね」

「まあいいけど。じゃあ言いたくなったら言いな」

「さあ、どうかなー」

セリフさえ言ってしまえば、実際の職業は確認できなくてもいい。ゆっくり探っていけばいいし、客の信頼を得る方が重要だ。適当にじゃれあっておけばいい。

しかし妙な感覚だ。すっかり昔に戻ったような……。

「檜山先輩って、どうしてそんなに計算高くなれるんですか」

よく琢磨にはそう聞かれた。

「何て言うか、客を人間扱いしてないっすよね」

「いやいや。どうしてお前、客を人間だと思ってんの」

飯をおごってやりながら、当時の檜山は言ったものだ。

「水商売をアイドル活動かなんかだと思ってるだろ。客はファンで、スターである自分たちにお金を落としてくれると考えてるだろ。全然違うぞ。いいか水商売ってのは、牧場なんだよ」

目を丸くする琢磨に向かって、続けた。

「牛の乳搾りだと思え。本来仔牛のために作られている乳をだ、人間が母牛からかすめ取るには、生半可なやり方じゃ無理だ。相手の機嫌を窺いながら、美味しい餌をやって、いい寝床を用意してやって、尽くしてやる。病気にならないよう、気持ち良く過ごせるよう気を遣ってやる。生き物だからな、好みは一頭一頭で違う。こっちのやり方を通そうとしても無駄だ。反応を見ながら、相手に合わせるんだ。怖くない、怖くないよって少しずつ馴れさせる。そうして向こうの気分が良くなってからだ、ようやく美味しい乳を出してくれるのは。俺たちはそれを集めて食ってくんだ。太客がいっぱいいるホストってのは、優れた牧場主なんだよ」

「はあー……なるほど。考えたこともなかったっす」

琢磨は焼き肉を食う手を止め、必死に手元のノートにメモを取っていた。

「こちとら人間様だ、さあ乳出せ、卵出せ、って動物に迫るような真似するからダメなんだ。牧場でそんなの通用すると思うか？　仮にだ、それで通用するなら誰だってホストやキャバ嬢になるに決まってんだろ？」

「確かに。そうっす」

「ダメなホストもキャバ嬢も同じなんだよ。興味があるのは自分だけで、客に興味を持ってない。それを隠そうともしない。牧場主ならまず、動物に興味を持て」

「わかりました。客に興味を持ちます」

「それと、忘れるな。動物はあくまで動物だからな。ごっちゃにすんなよ」

「え？　どういう意味っすか」

首を傾げる琢磨。

「客を人間扱いするな。どんなに丹精込めて世話をした牛でも、乳が出なくなったら、出荷して肉にしなくちゃならない。愛は利益の出る範囲でだけ。感情に振り回されんな、一線を引け。俺から言わせれば、客にモテていい気になってるホストは、馬に交尾を求められて鼻の下伸ばしてるのと同じ。客と本気で付き合うなんてのは、ペットの犬と結婚するようなもんだ。バカか変態のどっちかだな」

「でも、お客さんは、人間ですよ」

「ええと、種としてはそうかもしれないがな。これは喩え話だ」

「ちょっと待って下さい。よくわからなくなってきました。俺たちは牧場主ということは、北海道に行くべきなんでしょうか」

「何言ってんだお前！　お前って何か、喩え話が通じない時があるよな。それくらい客とは一線を引いた上で、たっぷり尽くして搾り取れって話だよ。こいつを両立させんのがキモだ」

　檜山は煙草を灰皿に叩きつけ、ぐりぐりとねじって火を消した。

　琢磨が何度も瞬きをしながらこちらを見ていた。

「檜山さん。言うことが過激っすよね」

「だから何？　これが俺のやり方だ」

「でもマジかっこいいっす。光り輝いてます、キラッキラです。俺、檜山さんみたいなホストになりたいっす」

「俺と同じには無理だよ。お前はお前の、ホストとしての輝き方を見つけろ」

　どすん、と音がするほど強く、琢磨は自分の胸を叩いてみせた。

「ウス！　どんな努力でもします。俺、一生ついていきます」

苦笑したものだったが、それから琢磨はいつでも鞄持ちのようについてくるようになった。檜山も信頼してヘルプを任せるようになり、琢磨は期待に応えた。檜山がナンバーワン、琢磨がナンバーツー。二人のコンビは店舗始まって以来の売上げをたたき出すようになり、そしてそれは檜山が店を辞めるまで続いた。

檜山はハルコと大して内容もない雑談を続けながら、ふと背後を振りかえる。

「ヒペリカム」のバースペースに、当然だが琢磨の姿はない。

＊

律子は社員が誰もいないことを確認してから、店舗の横の階段をそっと上り、鍵を開けて中に入る。オフィスは暗く、静まりかえっていた。奈美を始めとして社員たちは優秀で、ほとんど残業をしない。もっとも奈美だけは、断固たる決意で定時に帰っている節があるが。

ふう。やっと落ち着いた。

荷物を机に置くと、律子は思いっきり伸びをした。

それからサイドチェストの一番下に鍵を入れ、開いた。そこには私物の服や、化粧品などを揃えている。普段着ないスカートなどもあり、奈美なんかに見られたら絶対からかわれるので極秘にしている。

深夜のオフィスは一人の時間だ。

着替えだってできるし、泊まり込みもできる。シャワーはさすがに浴びられないが、化粧落としくらいなら全く問題ない。だから律子はこうして夜中に一人で飲みにいったり、夕食を食べた後、家ではなく会社に戻ってきて、残業することが結構あった。

とりあえず楽な格好に着替え、お湯を沸かしてハーブティーをたっぷり淹れてから、パソコンを起動させる。だが画面を見ても何となくやる気が起こらない。ふと思いついて、財布の中から紙切れを一枚取り出した。開けるなら誰もいない今だ。

可愛らしいピンクに縁取られた中につつましく書かれた「恋みくじ」の文字。それを見るだけで顔が赤くなる。

いくら色々と動揺したとはいえ、こんなものを買ってしまうなんてちょっと恥ずかしい。何度もあたりを見回し、自分一人であることを確認してから紙片を開いた。

愛情運　第三十一番　大吉
幸せな恋は遠いようですぐ近く　会う度に縁は深まりやがて愛の灯に辿り着くでしょう
人を貶(おとし)めようとするべからず　素直を心がけること

大吉、に心を躍らせたのち、文章に目を通していく。基本的にはいいことが書かれている、書かれているのだけど。

会う度に縁が深まる。最近何度も会っている男性なんて、いたっけ……？

　ぱっと脳裏に浮かんだのは、あのマッシュウルフだった。さっと顔から血の気が引く。い、嫌だ。愛の灯に辿り着きたくありません。ああいうタイプと付き合ってしまったら、また浅見先輩の時のようなことになるに決まってる。

　素直を心がけること？　浅見先輩に素直に従ってきた結果、どうなった？

「どうしたんだよ。何を心配してるんだよ」

　浅見先輩の半笑いが、ありありと思い浮かぶ。私は大学一年生、浅見先輩は大学三年生の時だった。

「早く渡せって。あとそれだけあれば、新車が買えるんだって」

　私は貰ったばかりのバイト代を握りしめていた。いつもは黙って渡してきたが、その日はどうしてもできなかった。

「もう、嫌……です」

　おそるおそる言うと浅見先輩の整った顔が、ぐにゃりと歪んだ。

「はあ？　俺の欲しいものだよ？　新しいバイク。ずっと欲しかったんだ」

「だって、もう、何十万も」

　今度は相手が苦笑する。

「おい、よく考えろよ。俺たち付き合ってんじゃん。互いへのお礼でしょ。こないだ俺、カラオケ連れてったよね。二人の時間を過ごしたよね。だから今度は俺のお願い聞いてよ。俺たち、ずっとそうやってきたろ？」

「こんなの違うよ」

　私は勇気を振り絞って言った。

「何が」

「だって、あなたは私にばっかり働かせて、お金を払わせて。欲しがるのは高いものばっかり。お金が足りないと不機嫌になるし。これが愛なの？　何て言うか、気持ちが感じられないっていうか。こんなの、おかしいよ」

「いやいや。カラオケだって、俺の気持ちをたっぷり込めてんだけどなあ。俺の愛、疑うっての」

「そういうわけじゃないけど」

「そう言ってんだろ？」

　浅見先輩はすごんできた。いつもならここで引き下がったけれど、いい加減我慢ならなかった。私は言った。

「大学だって全然行ってないって聞いたよ。遊んでばかりで……」

「あ、俺大学は辞めることにしたから」

「え？」

　相手はにこやかに笑っている。

「ホストになろうと思ってさ。実はもう体験入店したんだけど、俺、才能あるっぽいんだよ。考えてみりゃ、あんなに俺に向いてる仕事もないよ。お前も客として来ていいぞ。もてなしてやるから」

「ちょ、ちょっと！　待ってよ。どうして何の相談もなしに、そんな大事なこと決めちゃうの。私との将来、ちゃんと考えてくれてるの？」

「は？　何、俺に意見すんの」

「するよ。もっとちゃんと、愛してるならきちんとしてよ、私のこと大切に扱ってよ！」

彼女なら少しくらい我が儘を言ったっていいと思った。しかし。

「ああ、そう」

その瞬間の浅見先輩の顔。壊れた玩具を見るような、興味のない虫を見るような、冷たい目。

「お前、勘違いしてんだな」

恐ろしく低い声。世界が足元から崩れていくようで、私は立ち尽くしたまま動けなかった。

「お前みたいな地味ブスが、俺なんかと釣り合うと本気で思ってんの？　俺の愛を受けるに足るって？　よく考えろよ。俺に言い寄る女がどれだけいると思う。俺は選ぶ側なんだ。なんか、こう……階層が違うんだ。そうだな、身分みたいな。武士と農民のような。お前はどれだけあがいたって、俺と同じランクにはなれないんだよ。それでも一緒にカラオケに行ってもらえるのは、お前が金を払うからだよ」

相変わらず美しい、王子様のような顔で。聞き惚れそうになる美声で。色っぽく唇を震わせながら浅見先輩は続けた。

「お前は感謝しなくちゃいけない。高望みしちゃいけない」

「だけど……でも、私たち、恋人……」

「お前のことを好きなのは嘘じゃないよ。でも俺、あと五人サブがいるんだ」

「え、サブって」

「それから本命も二人いる」

　何を言っているのかわからなかった。そもそも本命って複数存在するものなのか、と聞きたかったけれど、それすら口にできる空気ではなかった。

「だってお前の顔と体、あと金もか、それだけじゃ満足できないんだもん。仕方ないだろ。逆に言えば俺の顔と体なら、都合八人分の女を満足させられるってことだよ。美しいってのは価値だからね」

　悪びれもせずに言う。

「いつから……いつから、そんな風に考えてたの」

「え？　最初からそうだけど」

「最初からって、まさか」

「お前がハンカチ拾って来たから、気が利くし使えそうな女だなと思って。有効期限が切れたカイロをやったら、なんか喜んだから、キープすることにした。そうだな、つまり維持コストが低そうに思えたんだよ。あ、こういうのってお前がやってる経済学？」

あ。

悪魔。

「騙したの？　私を」

涙ぐみながらそれだけ絞り出した時、浅見先輩はきょとんとした。そして、おかしそうに笑い始めた。

「騙してなんかいないさ。いやあ、そんな解釈になるなんてむしろ驚きだよ。よく考えてみろ、勝手に惚れたのはお前じゃないか。俺はその気持ちに応えてやっただけ。お前だって、最初は満足してたろ？　一緒に歩くだけで顔を赤くして、夢みたい、夢みたいってしきりに呟いてたじゃないか。それがどうだ、いつの間にか贅沢になって、もっと大切にしろだの何だの言い出すんだからなあ」

私が悪いって言うの。

「お門違いなんだよ。俺に大切にされたかったら、俺じゃなくて自分を責めるべきだろ？　それだけの魅力がない自分を。俺だって、お前が本当に価値のある女性だったら大切にするさ。換えが利く女だから、どこにでもいるレベルの人間だから、この扱いなんだよ。仕方ないだろ、俺の方がずっと魅力的なんだから。その差分をお前が金で埋めることの、何が疑問なんだ、一体」

私がおかしいって言うの。

「もー、バカ女はすぐ泣くから嫌だなあ」

「こんな人だと知ってたら、付き合うんじゃなかった」

「何それ、負け惜しみ？」

「あなた、最低の人だよ。相手を人間扱いしてない」

おいおい、と浅見先輩は呆れた顔をする。

「まあ、いいよ。俺を最低と見なすのは別に構わない、お前の価値観を俺は否定しない。だけどその最低男と付き合ったのは、お前だろ。俺の外見だけ見て、勝手に自分の理想を重ね合わせて、その理想と中身が違うからって文句垂れるわけ？　そりゃ理不尽ってもんだ」

どきりとした。

そんなの屁理屈だと言い返したかったが、ある種の事実を言い当てられている気がして、声が出ない。

「いいかい、俺は最初からずっと俺だよ。ちゃんとお前の価値を見定めてそれに応じた態度を取ってる俺と、俺の内面も見ずに惚れたお前。相手を人間扱いしてないのは、どっちだ？」

何も言い返せない自分が悔しくて、ただ涙がぽろぽろ落ちた。

私は浅見先輩のどこを見ていたんだろう。顔も、表情も、立ち居振る舞いも、何もかもが魅力的だと思ったのに。心の中は、一つも見通せていなかったのだ。

外見ばかりに惑わされて。

浅見先輩が立ち去った後も、私はずっと泣き続けていた。悲しくて、辛くて、自分が情けなくて、色々な感情がごちゃ混ぜになって動けず、日が落ちるまでずっと橋の上に座り込んでいた。

「あーっ、もう！」

律子は頭をわしゃわしゃとかきむしる。そうすることで、記憶の中から現在のオフィスに、戻ってくる。

忘れたいけれど、忘れてはならない、忌まわしい記憶だ。

とにかく私はもう同じ失敗はしない。するもんか。

律子はおみくじをじろりと睨みつける。愛情運大吉、それは結構。でもあのマッシュウルフとは、絶対に縁深まらない。愛の灯にも辿り着かない。わかった？　自分。

「オス！」

野太い声で一人、気合いを入れた。

＊

「檜山君、檜山君」

体を揺さぶる気配がする。きっと琢磨だ。俺を起こそうとしているのだ。

また飲み過ぎちまったか。

琢磨はいつだって心配そうな顔で俺を抱きかかえ、水買ってきましょうか、薬持ってきましょうかなどとあれこれ世話を焼くのだ。

平気だっつの。酔い潰れて道ばたで寝たことだってあるけれど、翌日は平気で店に出た。

檜山は眉間に皺を寄せてうめき、汗まみれの頭をかいた。

「店の鍵ならいつものとこにある。俺のことはしばらくほっといてくれ」

声が聞こえる。懐かしい声が。

そうはいきませんよ。俺にとっては店なんかより、先輩の方が大事っすから。

「いやほんとそういうのやめてくれよ。だいたい琢磨、お前はいつも暑苦しいんだよ。口さえ開けば俺と檜山さんでドールズ・バッドトリップを歌舞伎町一、いや世界一のクラブにしましょう、だなんて言いやがる。思っても口に出すな、寒いから」

こんなところで寝てないで、俺と檜山さんでドールズ・バッドトリップを歌舞伎町一、いや世界一のクラブにしましょう。

「話聞いてた？　あとな、いつも思うんだけどファッションセンスがひでえ。何なんだお前の服は、金に銀に虹色、ギラギラさせればいいってもんじゃないだろう」

これは俺なりの、ホストとしての光。檜山さんとはまた別の輝き方を追求した結果なんです。

「いいか琢磨。お前のそういうところがダメだ。とてもダメだ。よく考えろ。光り輝くというのはつまり比喩なんだ、わかるか？　実際にお前がピカピカ光るというわけじゃない。周囲の人間がそのように感じるということ。尊敬され、畏怖され、憧れの存在になる、そういうオーラを纏うという喩え話であって」

「琢磨ぁ」

そうか！　次は豆電球か花火を仕込みます。

「話聞いてた？」

その時、頬を軽くはたかれた。頭に血が上り、いっぺんに目が覚める。

「おい琢磨。お前、先輩にどういうつもり……」

しかし目の前にいたのは琢磨ではなかった。

「檜山君。大丈夫かい」

その品の良いハスキーボイス。檜山は瞬きした。

「か、春日部さん」

「うなされてたね。お参りにでも行った方がいいよ」

「昨日、行ったんですが」

「そうなの？　とにかく、こんなところで寝てちゃ風邪引くよ」

がばと身を起こすと、そこはヒペリカムのバースペースだった。カウンターとソファの間、ただの床の上に檜山はぶっ倒れていた。

「密室殺人現場かと思ったんだから」

推理で謎を繙(ひもと)く探偵のように、春日部が脇に転がっていたウイスキーのボトルを持ち上げて照明にかざした。

「これ全部飲んじゃったの」

そうだった。あれから飲んだのだった。ハルコが帰ってから、一人でがぶがぶと。

「すみません。春日部さんの酒を勝手に」

「いや、まあいいけどね。飲むためにに買ったわけだし」

そこでようやく、檜山は気がついて聞いた。

「何でまだ日本にいるんですか、春日部さん」

洗面所で開きっぱなしにした蛇口の下に、檜山は頭を突っ込む。

「また忘れ物を取りに来たって、どういうことですか」

背後では春日部が鼻歌とともに、戸棚を開いていた。

「いやあ僕の勘違いなんだよ。レティーツィアがくれたのはブルーのハンケチーフでね。ブルーのタイはマルタがくれたのだった。だから、ハンケチーフの方に交換しに来たんだ」

「そんなの、黙ってればわからないでしょう」

「そうなんだけど、気分の問題だよ」

「旅の日程を変更してまで気分を優先するんですか？」

「ほっほ」

春日部が愉快そうに笑うと口ひげの下に皺が寄った。

「僕は気分が最優先の人間なもんでね。で、檜山君はどう？　先日の彼女の『悩み事』は無事、解決できたかい」

「いいえ」

手近なハンドタオルをひっつかみ、髪をゴシゴシとこする。びしょびしょになったシャツを脱ぎ捨て、上半身裸になった。

「マジで最悪ですよ。昔のことを思い出すばかりで、しんどいです。あの子もホストクラブに都合がいいタイプの女で、だからますます過去と今がごっちゃになって。えらい疲れました。酒をがぶ飲みしたくなるほどにね」

吐き捨てるように言った。あんたの気まぐれのせいだ、という抗議も込めて。

「どれがレティーツィアのハンケチーフだか、わかる?」

この人、聞いてない。

自分から質問しておいて、相手の話を聞いていない。どうして俺の周りは話を聞かない奴ばかりなんだ。

春日部はずらりと並んだハンケチーフを眺めていた。どれもアイロンして綺麗に畳まれており、色の系統ごとに大別して整理されている。まるで画材屋のような色鮮やかさ。

「これです」

檜山はハンドタオルを肩にかけたまま、棚から一つをひったくるように取って突き出した。

「え?　でもそれ、白いけど」

水滴のぽたぽた落ちる前髪の下から、鋭い目で春日部を睨みつける。

「これです」

「『あったか〜い温泉の街　草津へようこそ』って書いてあるけど」

「これです」

瞬き一つしない檜山の迫力に負けたか、春日部は大人しくその手ぬぐいを受け取り、不安げな手つきでスーツの胸ポケットに入れた。

「俺、飯食ってきます」

ヘアバンドで前髪を押さえ、ふらつきながら檜山は春日部に背を向ける。洗面所を出る直前、背に声がかけられた。

「檜山君」

「まだ何かありますか？」

振り返らずに聞く。

「『悩み事』を解決してあげることだよ」

優しい声だった。子供にそっと囁く(ささや)ような。

「彼女がホストクラブを求めて『ヒペリカム』に来たのも縁。ゆっくりでいいから、寄り添っておあげ。一つ一つ『悩み事』を解決していくことが、君の夢を実現させる一番の近道なんだ」

こんなに苦しい思いをしてまで、ですか？

恨み言の一つも言いたかったが、また無視されるのがオチだろう。

「そうあるように願ってます」

ぼそりと呟き、背を向けたまま檜山はその場を離れた。頭が痛くてたまらなかった。

＊

いつものように朝の準備を終え、ご飯と納豆と味噌汁と浅漬けの朝食を終えた律子は、予定の時間ぴったりに家を出た。昨日は遅くまで会社にいたので、眠い。

まだ人の少ない歩道へと足を踏み出す。駅の反対側に向かって、団地の隣を歩いて行く。今日は大きく迂回して駅に向かうつもりだった。間違っても「ヒペリカム」のそばは通らない。これ以上あのマッシュウルフに出くわして縁を深めることのないように。

知らない道を歩くのは意外に悪くない。こんなところに畑がある。あ、あそこの家、手作りの風見鶏が飾られている。あっちには朝顔がたくさん、なんて素敵なの。すっかり心を洗われながら、律子は木々の鬱蒼（うっそう）と茂る公園へと入った。

その目の前にゾンビのような動きで男が飛び出してきた。

うおお。

心臓が止まるほど驚いた。律子は急停止し、草むらの陰に隠れる。男は金色の生乾きの髪を朝日に輝かせながら、ぽたぽたと水滴を垂らし、足を引きずるようにして歩いて行く。ちらりとこちらを見やった瞳は澱（よど）んでいた。もはや髪型はマッシュウルフではなかったが、マッシュウルフその人だ。

なんでこうなるの。なんでこうなるの。

律子は途方に暮れて座り込む。男は時折不快そうに頭をがりがりかきむしりながら、道の奥にある牛丼屋へと入っていった。

こんなに避けてるのに、どうして会っちゃうんだろう。

幸せな恋は遠いようですぐ近く。嫌だってば。おみくじの文面が浮かび、ぶんぶんとイメージを振り払う。

「おお」

葛藤していると、すぐそばで声がした。目を開けると、道路のすぐ横にアルファロメオが停止していた。その高級そうなシルエットに思わず見惚れていると、扉が開く。

「麗しきお嬢さん、どうされました。悲しいことでもありましたかな」

スーツに身を包んだ老紳士が、蓄えた口ひげをそっと揺らして笑いかける。

「さ、これで涙をお拭きなさい」

洗練された動作で白いハンカチを差し出してくれる。目を白黒させながらも、律子は黙って受け取るほかなかった。

「それは差し上げましょう。何、良いのです。誰かを笑顔にするために必要だったといえば、レティーツィアもきっと納得してくれることでしょう。さあ、前を向いて。泣く日もあれば笑う日もありますよ」

軽く会釈するのが精一杯で、きちんとお礼を言う暇もなかった。

紳士は何やら心地のよい言葉をいくつか口にすると、それではごきげんよう、と爽やかに車に乗って走り去っていった。

一連の出来事に理解が追いつかず、律子はただ頭を抱えた。

＊

昔からあるのだろう、古びた酒屋だった。壁には鳩時計らしき古い振り子時計がかかっていて、ダルマだの木彫りの熊だのが酒瓶の合間に転がっている。檜山は適当に酒瓶を取ってはラベルを眺めてみるが、何が何やらよくわからない。

「ウイスキーのお勧めあるかな」

山男みたいな風貌の店主が、見た目とは裏腹に嬉しそうに目を輝かせた。

「お、プレゼントかい？」

「お世話になってる人の酒を、勝手に飲んじまったんで。だから何か一つ返したいんだけど」

「いーい心がけだ。おじさんそういうの嫌いじゃないよ。相手の好みはわかる？　価格帯は？」

「十万以下で買えればいいんだけど。好みはわからない」

「十万？　あんた酒の値段を知らないね。まあ、マッカランあたりが無難でいいんじゃないかい。十二年ものなら一万でお釣りが出る」

ウイスキー飲む客なんてほとんどいなかったからな。シャンパンの飾り瓶の類いならよく知ってるけど。

檜山が「じゃあそれを」と財布を取り出したとき、激しくガラス扉が開かれ、安っぽいスーツを着た茶髪の男が飛び込んできた。

「ドンペリください！」

切らせた息を整える間もなくそう言い放つ。あっけにとられていると、さらに男はもう一度叫ぶ。

「全部！　この店にあるドンペリ、全部！　いくらですか？」

手にした封筒には、一万円札が何十枚か入っていた。

店主は「なんだこいつ」と不審げに睨みつけている。一方の檜山といえば、何だか嫌な予感がして一歩下がった。

「ちょっと今、この人の相手をしてるとこだから、待ってくれるかい」

「すみません。こっち先にお願いします！　急ぐんです。あるだけ全部欲しいんです」

途方に暮れた顔の店主に、檜山は先にどうぞ、と手で促す。軽く一礼して茶髪男と一緒に棚を漁り始める店主。所在なくつまみコーナーの缶詰なんかを眺めていると、ふと室内の照明が強くなったような気がした。何事かと目を細めていると、後ろから軽く肩を叩かれた。

「すんません。うちの若いもんが」

振り返ると、背の高いスポーツ刈りの男が頭を下げていた。

出た。

金と銀の刺繍で埋め尽くされたジャケットに、ラメが入ったズボン。肩にずらりと並んでいるのはＬＥＤライトだろう。今は電源が入っていないようだが、店の中では七色に光ると見た。もはや派手とかそういう次元を超えた服装。檜山は溜め息をつく。

「やっぱり琢磨か」

相手は目を丸くした。

「ひ、檜山先輩？　どうして」

「お前のファッションセンス、悪化の一途を辿ってるな。何とかならないの」

かつての同僚、皇琢磨は一瞬驚いた表情を見せたものの、すぐに挑戦的な目つきになって睨みつけてきた。

「ホストは派手なら派手なほどいい、が俺の持論ですんで。クジャクだってそうでしょう。女は派手なオスを本能的に好むんです」

「女どころか蛾が寄ってきそうだけどな」

「何だって歓迎ですよ。で、何してんですかこんなとこで」

「こっちが聞きたいよ、ドンペリなんか買いあさって。新人が発注ミスったか？」

「関係ないでしょう。店を勝手に出てった人には」

「バースデーイベントか」

「まあ、そうです」

「そりゃシャンパンが足りなかったら大損だな。知り合いの店に連絡して融通してやろうか」

「余計なことはしないでください。今、本人にあちこち酒屋を回らせてるから大丈夫です。っていうか、もう同じ店の先輩後輩じゃないんだから、敬語いらねえよな。伝説のナンバーワンが何やってんだよ、こんな酒屋で」

ぐいと琢磨は顔を近づけてきた。僅かだが相手の方が背が高く、胸板もぶ厚い。相手の周囲を漂う空気が鼻腔を抜けた。

うっわ、オーデコロンくさっ。

「牛丼くさっ」

相手も檜山の周りの空気を吸ったらしい。琢磨は顔をしかめてのけぞった。

「全く勘弁してくれよ、安い牛丼なんかで腹満たして。あんた、貧乏臭いものは食うな、客が寄りつかないって言ってたじゃねえかよ」

「そうは言ってない。客に出くわすような店は避けろ、万が一出くわしたら夢を壊すなって言ったんだ」

琢磨は片眉を上げる。

「もう、すっかり落ちぶれたな。こんな男を尊敬してた自分が情けねえ。牛丼とはね、実にみみっちい」

これには檜山もかちんと来た。目と鼻の先で睨み返す。互いの荒い鼻息が店内に響く。

「訂正しろ、クソガキ。誰に育てて貰ったのか忘れやがって、恩知らずが」

「言い直す必要はねえな」

「牛丼は素晴らしい食べ物だ」

「そんな話してねえ」

今にもどちらかが相手の胸元を鷲掴（わしづか）みにし、拳を振り上げるかという緊張状態。そこに、先ほどの茶髪男が嬉しそうに戻ってきた。

「琢磨さん、買えました！　ドンペリ白三本、なんとロゼも一本！　まさかこんな場末の酒屋にロゼがあるなんて」

ほくほく顔で両手に提げたビニール袋からは、まるで畑で引っこ抜いてきたネギのようにシャンパンの瓶が頭を出している。

「場末とか言うな、こら。客商売なら、言葉には気をつけろ」

檜山が顔をしかめて指摘すると、茶髪男はきょとんとする。

「琢磨さん、こいつは？」

気まずそうに軽く俯くと、琢磨はぼそりと「檜山って奴。以前、店にいたんだ」と呟いた。

「あー、噂は聞いてます！　シャンパンタワー伝説を作った人ですよね、五千万を三連チャンとか。そうだったんですか、どうも！　俺、四月から働いてます、新谷と言います。ホストで一旗揚げたくて、田舎から出てきました。よろしくお願いしゃす」

やや敬語は危ういものの、はきはきとした爽やかな挨拶だった。

「ああ」

軽く頷いてから、もう一度琢磨を見た。こいつも同じ気分らしい。張り詰めた空気は白け、どこかに消え失せてしまった。

「どうだよ新しい店は。『ヒペリカム』だっけか」

店を出たところに灰皿があった。一昔前の不良のように座り込んで煙草をくわえ、煙を吐き出しながら琢磨が聞く。檜山はヘアバンドの位置を直しながら「嘘みたいに暇で、退屈さ」と答える。

通りすがる女性たちが、ちらちらと二人に視線を投げかけていく。中にはきゃあきゃあと嬌声(きょうせい)を上げる女子高生もいた。片方は凄い変な服だねえ、チンドン屋さんかねえと独り言をこぼすお婆ちゃんもいた。

「マジ、信じられねえ」

吐き捨てるように琢磨。

「そんな人間じゃなかっただろ。ほんと、わかんねえ。信じられるのは金だけだって言ってたじゃねえか。どうして俺たちの店を捨てて、そんな店に行ったんだよ」

「個人的に叶えたい夢があるんだ」

「だから説明しろよ。その夢って何なんだ。金も名誉も捨ててまで、わけのわからん店に行くほどの夢ってのは」

檜山はしばらく黙り込んだ。そして、話を逸らした。

「ドバトの調子はどうだ。統括リーダー」

琢磨は溜め息を吐く。

「おい、その略称やめてくれよ。ドールズ・バッドトリップだから嫌だ」

「口にするだけで二日酔いが悪化しそうだから嫌だ」

「略すと鳩の声が聞こえてきそうで嫌なんだよ！」

ポッポー。酒屋の鳩時計が、呑気な声で十二時を告げる。

「……で、どうなんだ」

「まあ、うまく回ってるよ。あんたが抜けたダメージはでかいがな」

琢磨は檜山の事情を深く追及してこない。もう諦めているのだろう。

「揉め事なんかは？」

「ほとんどねえな。平和なもんだよ。新人がいまいち頼りないくらいか」

琢磨が顎で道の先を示す。先ほどの新谷がビニール袋を持って、店から店へと走り回っている。

「ところで琢磨、ハルコって客知ってるか」

「どこのハルコさんだよ」

「名字は知らないんだ。金髪のロングヘアで、ギャル風のファッションで、白とピンクとゴールドがお気に入り。年は二十代中頃かな」

軽く首をひねってから、琢磨は答えた。

「ああ……いたかもしれない」

ドールズ・バッドトリップは、チームで営業を行うシステムになっている。一応担当ホストはいるが、担当の手が回らない時にもチームメンバーできちんとフォローして、客を退屈させないようにするのだ。そのために歩合が少なめで、固定給が多めになっている。

「ちょっと変わった子だったかな。金払いはいいし、悪い客じゃない」

「琢磨が言うなら、確かなんだろうな」

システム上、リーダーは店にやってくる全ての客を把握している。他ならぬ檜山と琢磨が作り上げ、軌道に乗せた仕組みだった。

「ああ。どうして？」

「いや。うちにも遊びに来たからな、その子」

何気ない世間話のつもりだったが、失敗だった。

琢磨が立ち上がり、こちらを睨みつけてきた。

「まさか、お前。俺たちの客に爆弾してないだろうな」

少し緩んだ空気は一瞬にして消え去り、そこには己の売上げと縄張りを守ろうとする、ホストの本能だけが見て取れた。

「待て待て」

檜山は手を振って否定する。

「そんなことはしない。確認しただけだ」

「……本当だろうな」

「ああ。そもそも客を取ろうだなんて、考えてない。俺はもう、金を稼ぐ気はないんだ」

琢磨の警戒は解けていない。恐れているのだ。かつて慕っていた分だけ、敵に回した時には恐怖に変わる。檜山は未だに理解できていなかったのだ。自分がかつて琢磨にとってどういう存在で、そして今どういう存在になったのかを。

「琢磨さん。この辺の酒屋は全部回りました。次の駅行きましょう」

顔を上気させて、新谷が戻ってきた。両手には大量の荷物を抱えている。

「琢磨さん？」

「ああ、わかってる。先に車に乗ってろ、すぐに追いつくから」

「はい！　任せてください」

元気よく答えると、新谷は荷物を揺らしながら路地の方へと走っていった。その背中を見つめながら、琢磨が呟く。

「あの新谷、親父さんが病気なんだよ。で、年の離れた妹がいてさ。学費を払ってやりたいんだと」

吸い殻を灰皿に擦りつけて、淡々と続ける。

「勉強は苦手だし、体力も並み。ろくな仕事にありつけないから、ちょっと派手目な顔だけを頼りに、一旗揚げようと上京してきたんだ。バカだけど、あいつなりに頑張ってんだよ。飲めない酒飲んで、慣れない芸やってさ。昔のあんたと俺みたいじゃねえか」

そこで振り返り、檜山を見た。

「ハルコの担当、あいつなんだよ」

檜山は答えない。ただ、黙って琢磨を見つめた。

「入店して、初めてまとまった売上げが立ちそうなんだ。だから新谷は張り切ってるし、俺たちもサポートしてる。それを横からかっさらうような真似をしたら……わかってるよな」

琢磨の目は、どこか悲しげだった。恐怖と、決意と、覚悟がない交ぜになって澱んでいた。

「頼むよ。あんたとは喧嘩したくないんだ。色んな意味で」

それだけ言うと、琢磨は踵を返し、新谷を追って歩き出した。

檜山は溜め息をつく。

実際、客を取るつもりなど全くない。だが、ホスト遊びはやめろとハルコに言ってしまった。これはホストの客を奪う行為、即ち爆弾に当たると言えなくもない。檜山が今さら仁義に添う必要はないとも言えるが、そんな理屈で琢磨は納得しないだろう。

色々と厄介な話になってきたな。

店主がようやく包んでくれたウイスキーを受け取り、金を払いながら、檜山は頭をかいた。

＊

その日、社内はざわついていた。

原因は明白である。出社するなり自分のデスクに突っ伏し、ぼーっとしている律子を、もない。

　奈美をはじめとするみなが訝しんでいるのだ。わかってはいたが、みんなに説明する余力
「ねえ、律子」

　やがて奈美が話しかけてきた。

「どうしたのさ、朝から」

「別に、なんでもないけど」

「律子、最近変だよ。いつもノンカフェインのお茶しか飲まないくせに、いきなりメロン
ソーダ買ってきて飲んでるし。間食ほとんどしないくせに塩アメなんか買ってきて、しか
も食べられないからって私たちに配るし」

「よく見てるね……」

「まあ、友達だしね。それに今日はこんな証拠品まで床に落ちてた」

「証拠品って、何が」

「文章の前半が黒く塗りつぶされた恋みくじ」

「ちょっと、やめてよ！」

　がばと起き上がり、奈美からおみくじを奪い取る。なんてこった。昨日検閲を施したあ
と、財布に戻したつもりで落としたのだろう。

「そして今日は草津温泉の手ぬぐいを持ってきた。行動がむちゃくちゃじゃん。日帰りで
温泉旅行でもしたの？」

「違う、違うよ」

必死に否定してみせるが、奈美はにやにやするばかり。

「じゃあどうしてそんなもの、持ってるのさ」

「恐ろしいことに、私もわかんないの。なぜか老紳士がくれたの！」

隠さなくてもいいのにー、と奈美は目配せする。

「彼氏できたんでしょ」

「違う。全然、ほんとに、全くもって違う」

「じゃあ好きな人ができた？」

「そんなわけないでしょ。あんな男、嫌いなんだから」

「ほうほう。つまり心当たりがあるってことだね」

ああ……。

どうしたらわかって貰えるだろう、このややこしい状態を。いや、そもそも説明するのは無理なのだ。私だって、どうなってるのかわからないのだから。もういい。からかうなり冷やかすなり、好きにすればいいさ。

「まあ、何かあったら相談しなよ」

しかし、奈美は心配そうにそう言っただけだった。

「えっ」

「何？　笑われるとでも思った？」

「……うん」

律子は正直に頷いた。

「するわけないじゃない。いや、ちょっとしたいけど。それ以上に律子って心配なんだよね。見てて危なっかしいんだよ」

聞き耳を立てていた他の社員が、不思議そうに首を傾げた。

「みんなからすると律子ってしっかりした人にしか見えないだろうけどさ。確かに仕事には一分の隙もないよ。でもこの人、男には免疫ないからね」

「ちょっと、みんなの前で何言うの」

「事実じゃない。そもそも知り合ったきっかけだって、男がらみだもの」

「誤解を招くような言い方しないでよ！」

必死に奈美の口を塞ぐが、すでに社員たちはみなこちらを見つめていた。

「あのね、違うからね。奈美が私を慰めてくれたってだけで」

「この子、橋の上で泣いてたのよ。凄くない？　今時橋の上って。大学前のあの橋で、下を通っていく電車をずっと見てるから、声かけたのね。そうしたら男に振られたってワンワン泣いて……」

「ワンワンは泣いてないよ。大げさに言いすぎ」

「じゃあギャーギャー泣いてたかな。私もなんか困っちゃって、こういう時はパーッと金を使おうって言って。銀座に繰り出して、服とか化粧品とか買いまくったんだよね」

「二十万くらい買わされて、貯金がすっからかん」

「私は勧めただけだよ。買ったのは律子でしょ」

「家に帰って冷静になってから大量の紙袋を見て、引いたよ」

「うんうん、あのときは楽しかったねえ」

豪快に奈美が笑い、肩を組むと社員たちを見回して言った。

「まあ、そんなわけだからさ。律子の恋、社員一同応援していこうよ」

いつでも話相手になるからね、と奈美には言われる。社員には社長頑張ってください、と激励される。すっかり新たな恋に向けて闘っている最中、という設定になってしまった。

再び全員がパソコンに向かい、静まり返ったオフィスの中で、仕事のメールを睨みつける。あまり集中はできなかった。


見た目って、何なんだろう。

律子は時々考える。そのたびに、よくわからなくなる。

私は外見に自信がない。最初から諦めていたから、そもそも磨こうともしてこなかった。面倒だったわけじゃない。自分なんかがお洒落をして着飾るなんて、許されないことに思えたのだ。だから、人は内面で勝負だと考えていた。

浅見先輩はそんな私にも気さくに接してくれた。華やかな女性に囲まれながらも、地味な私のことを見てくれたのだ。外見だけで人を判断しない、素敵な男性に見えた。結果的にそれで痛い目を見たわけだが。

　でも、どうなんだろう。

　地味な私を見てくれた、というところに価値を置いている時点で、私だって外見を気にしていることにはならないか。本当は綺麗になりたい、美人だと思われたいんじゃないか。

　そうだよ、何より浅見先輩の美貌に、すっかり心を囚(とら)われていたじゃないか。一緒に街を歩くとき、カラオケの受付で女性店員が頬を赤らめて先輩を見つめているとき、彼と腕を組んでいることにほのかな優越感がなかったか。

　本当に心が汚いのは、自分じゃないのか。

「まあ、外見と内面は繋がってるものだからねえ。分けて考えても意味ないってのが、私の意見」

　浅見先輩に振られた日、奈美はそう言ってなだめてくれた。

「あとさ、恋愛ってそれぞれ別々の理屈で進むところがあるじゃん？　だから相手の理屈は気にしないで、自分のことだけ考えればいいと思うけどね」

　家についたらまた悲しくなってきて、私は涙ぐんでいた。その背中をゆっくりと奈美は撫(な)でてくれた。

「じゃあ、どうすればいいの。教えてよ、奈美」

「わかったわかった。今日はとことん付き合うから。まずはこの大量に買った服の袋を開けて、全部並べてみようか」

律子はふらふらとそれに従った。あの日は奈美が言えば、何だってしただろう。

「さ、鏡の前に立って。どんな感じ？」

地味で、目が真っ赤で、髪がくしゃくしゃの私が立っていた。これじゃ浅見先輩にも振られるや、と目を伏せる。

「では、こんなコーディネートはどう」

奈美が言うままに服を着て、化粧を直す。すると、私自身は何も変わっていないのに、鏡の前の自分が変わった。自信満々で、どこか偉そうだった。心なしか背筋が伸びる。

「どぎつい服に、どぎつい顔。新進気鋭のデザイナー、クソ生意気だけど実力は確か、みんなの嫌われ者だけど一部に崇拝者あり、という設定でございます。じゃあ次、この組み合わせで」

まるで玩具の人形みたいに、奈美は私を着せ替える。

「わっ、これはさっきとは正反対」

「良家のお嬢様でみんなの人気者、許嫁（いいなずけ）あり。恋愛経験はラブレターを書いたものの渡すことができなかったレベル、という設定ね」

何このひらひらのスカート。何このひらひらの袖。思わずしずしずと歩きたくなる。面白い。

「次は？」

「はい、これ」

その姿を鏡で見た途端、私は大笑いした。

「これ、やばいって！」

「ええと、これはね」

奈美も懸命に笑いをこらえている。

「山でオオカミに育てられ、初めて百貨店に入って服というものを知り、野性の感性のまに着てみることにした少女、という設定です」

言い終えて我慢できなくなったのか、噴き出した。

原色同士をあまりにもちぐはぐに組み合わせた結果、ある意味大自然の調和っぽくなっている服を眺めながら、私は感嘆の息を吐いた。

「凄いんだねえ。服って」

「でしょ。服は相手を威嚇する武器にもなるし、自分を守る鎧にもなるんだよ。試しにその格好で一日過ごしてみなって。大自然のデカさに比べれば、オオカミの掟の厳しさを思えば、男一人に振られたことなんてどうでもよくなってくるでしょ」

「本当にそうだね」

心から律子は答えた。服をいくつか着替えるだけでこんなに気分が変わるとは、思ってもいなかった。

「外見はさ、振り回されるより、自分の味方につけた方がいいよ。そのために服があるの。顔は取り替えられないけど、服はいくらでも替えられる。そういう意味では、ただの美男子なんかよりも服の方が凄くない？」

「そんなこと考えたこともなかったなあ。奈美って、面白いね」

「まあ私、服のことばっか考えてるから」

奈美は一呼吸置いて、呟いた。

「将来はファッションデザイナーになりたいんだ。ちっちゃくてもいいから自由にやらせてくれる会社で、変な服をいっぱい作るの」

目を輝かせる奈美。

「奈美ならきっとできるよ」

「ほんと？　その時には律子も手伝ってよ」

「え、私？　無理、服は全然わかんないもん」

「経済学部なんでしょ。帳簿つけてよ。私、計算とかはからきし苦手でさあ」

「確かに、あんなに値札見ないで買い物する人初めて見た」

「言ってくれるなあ。私だって黒とグレーしか服を持ってない人は律子が初めてだよ」

「お互いに初の人種ってわけか。まあ、少しなら手伝ってもいいけど」

「やった！　じゃあ、その時になったらお願いするから」

あのときはほんの冗談半分だった。

まさか、会社全体の金勘定はおろか、経営方針まで全部任されるとは思ってもいなかったけれど。

律子は一人、倉庫で商品在庫を見上げて頷く。

随分私も成長したと思う。

服を知って、居場所を手に入れて、自信も少しずつだけどついてきた。だからもう、私は外見には振り回されない。イケメンになんか、絶対騙されない。心が汚いのは私じゃない。イケメンの方だ。

ぎゅっと拳を握りしめた。

＊

「どうもー。浩一いる？」

もはや、勝手知ったる家のごとし。ハルコはずかずかとクラブに入り込んできた。

「あれえ、今日は誰もいないのかなあ」

玄関脇のデスクまでやってきて、ひょいと横から覗き込む。

「なんだ、いるじゃん。そこで何してるの」

彫刻と一体化して気配を消していた檜山は、諦めて硬直を解いた。

「また来たのか。ホスト中毒」

「ええ？　だってここは、ホストクラブじゃないんでしょ？　悩み事相談所でしょ？」

ハルコはすっとぼけている。まあ、来てしまったものは仕方ない。早々に諦め、檜山はいつものバースペースへと案内する。

「奥にどうぞ」

「私ここがいい！」

今日は暖炉の隣でも広い机でもなく、部屋の隅。色ガラスのシェードつきのランプの置かれた一角に、ハルコは陣取った。

「ねえ聞いてよ浩一、今日もちょっとお金持ちなんだ」

ハルコが長財布を開いてみせる。中には数十枚の一万円札が詰まっていた。

「ぱーっと使いたいなって思って。浩一、何か愉快な使い方思いつかない？」

こいつ。

檜山は財布の中身とハルコの顔を、代わる代わる見る。随分露骨に切り込んでくるじゃないか。琢磨が言っていた通り、金払いがいい客なのは間違いない。新人に担当させたのも納得だ。

「ハルコってさ、これまでのホストにもそういう感じでやってきたの？」

「えー？　どうして他の男のこと聞くわけ。今は私、浩一との時間を目一杯楽しみたいんだけど」

そうかい、と檜山は微笑んでみせる。

――あんたとは喧嘩したくないんだ。

琢磨の顔が脳裏に浮かぶ。子犬みたいに後ろを追っかけてばかりの印象だったが、あんな表情ができるとはね。店を背負って、戦う理由ができたということか。

でも、俺はやりたいようにやるまでだ。

「俺のためにお金が使いたいってことだね？」

　ハルコに確認する。あえて今日は、相手の思惑に乗るつもりだ。

「うん。そのために稼いでるようなものだから、遠慮しないでよ」

「本当、ホストクラブで輝くタイプの女だな、ハルコは」

「そうよ。私が輝いて、それで浩一も輝くなら最高じゃん」

　大きく息を吸って、吐く。

「あのさ、ハルコ」

「ん？」

「俺の過去、第三話といこうか。俺さ、前の店で超売れっ子だったんだわ。ナンバーワン取ったこともあるし、年収一億超えたこともある。ホストになってから、大抵の目標は叶ってきたんだよね」

　ハルコは感心が半分、どうしてそんな話をするのかという不安が半分といった顔で聞いている。

「やっぱ、凄いホストだったんだね、浩一は」

「だからもう、金に関しては感覚が麻痺してんだわ」

「……そっか……」

「そのせいで、リアクションが鈍くてごめん。でも……嬉しいよ」

はっとハルコが顔を上げる。檜山は財布を指さした。

「俺が好きに使っていいってことなんだろ？」

「もちろん！」

「オッケ。じゃあ今日は、いい酒飲むか」

ニヤッと檜山は歯を見せて笑う。それから倉庫に向かうと、適当に酒瓶を取って帰ってくる。

「この酒とかどう。三十万するけど」

「えー、瓶がめっちゃ可愛い！　それ飲もう、飲もう。乾杯しよう」

一切の迷いなく注文か。恐れ入るね。

小さくて可愛い、天使の羽がついた形の飾り瓶入りシャンパン。色はメタリックピンクで、所々にクリスタルガラスで装飾されている。ホストクラブでは平気で数十万の価格がついているが、もちろん原価は半分以下だ。上乗せされた金額は、クラブとホストのポケットに入る。味だってそう大したことはない。安くてうまい酒などいっぱいある。

ハルコもそれを知らないわけではないだろう。水商売の世界において、酒はただの媒体になる時がある。何でもいいのだ。金が飛び交うことが目的であって、間に挟まるものは何でも。

檜山はハルコと騒ぎながら、何本も酒瓶を空けた。

グラスに注いで差し出しながら、檜山は相手の様子を窺う。ハルコは相変わらず笑い、騒いで、時々檜山にしなだれかかる。ただ愛するホストに金をつぎ込むことを楽しんでいるように見えた。

これが理想だ、ホストの。

檜山は心の中で呟き、目を閉じる。

ありありと、昔の己の姿が瞼の裏に蘇った。

そうだ。ホストの理想の客とは、何も言わずとも金を払ってくれる客だ。バケツを差し出すだけで牛乳を出す牛。ただ一緒に酒を飲むだけで満足し大量の金を払う、そういう物わかりのいい客に育て上げ、教育できるホストこそ、理想のホストに他ならない。

そう思っていた、そう信じていた。


「もっとホストとして上に行きたいんだ」

だから、沙由紀の前でもはっきりそう言った。もちろん沙由紀に限らず、当時はどの客にも公言していたことだったが。

「確かに給料は上がったし、ナンバーワンにもなった。でも、足りない。琢磨たち後輩の手本であり続けるためにも、俺はまだまだ理想を目指したいのさ。歌舞伎町で一番、いや世界で一番にね」

夢を持っている男だと見せつけるのは重要だ。そこから、彼の夢を応援するためにお金を払おう、という考えが生まれてくる。どうあれ家畜も女も、運命共同体に引っ張り込むことが始まりだ。

「ふうん」

だが、沙由紀は気のない返事だった。ちゅっとサイダーをストローで吸って、上目遣いでこちらを見る。

「何だか、大変そうだね」

一瞬、ぽかんとしてしまった。こんなリアクションは初めてだったのだ。感心するでもなく、馬鹿にするでもない。本気だと信じていないふうでもない。ノリが悪いとも違う。あくまで自然体であった。

「あんまり、頑張っちゃダメだよ。疲れたらあったかくして、寝ることね」

沙由紀は心配そうにそう言って、微笑んだ。

派手な室内装飾がネオンで光るホストクラブの店内。横では女性客が、琢磨と飲み比べをして騒いでいる。光と音がごちゃごちゃに入り乱れる空間で、沙由紀の座っている席だけぽっかりと隔絶された異世界のようだった。

「んー。煙草って、美味しいの?」

今日初めてホストクラブに来たというその女性は、ぼうっと檜山の口元を見つめて聞いた。

「ん?　ああ、まあ……。吸ってみるかい」

「どれ」

沙由紀はひょい、と手を出して箱から一本取ると、檜山がライターで火をつけるのをぼうっと眺めていた。

「煙って、綺麗ねえ」

不思議な雰囲気を持った人だった。その指でつままれた紙巻煙草から紫煙が立ち上る。こんなに店内が乱れているのに、沙由紀の煙だけは微塵も揺れず、すうと真っ直ぐ伸びていた。

しばらくしてから沙由紀がぱく、と煙草をくわえた。

そこで檜山ははっと我に返った。煙を二人で見つめている間、頭の動きがすっかり止まっていたのだ。次回来店に繋げるための作戦も、相手の支払い能力や伸びしろの分析も、今月の売上げ目標と未達分の対策も。それどころか自分はナンバーワンホストで、ホストとしてここにいるという事実すらどこかに吹っ飛んでいた。

ありえないことだった。

沙由紀がはーっと煙混じりの息を吐き「苦いや」と目を細める。それからこちらを見た。檜山は困惑を気取られまいと、必死に笑顔を作ってみせる。

「いいよ、別に。無理しなくても」

沙由紀はまた、そう言って微笑んだ。

あの時の檜山は彼女が何を考え、どんな思いでこちらを見つめていたのかさっぱりわからなかったし、知ろうとも思わなかった。だからすぐに気を取り直し、いつものようにテンションを上げて話すことで誤魔化した。その様子を、沙由紀は黙って眺めていた。

今なら少し、彼女の気持ちがわかるかもしれない……。

間違いない。こいつは何か、無理してる。

檜山はグラスをかちんと合わせ、ごくごくと喉を鳴らして飲むハルコを見た。財布はテーブルの上にぽんと投げ出されたままで、まるで自由に使えと言わんばかり。

沙由紀とは結局、きちんと話をできずじまいだ。

その分、この子とはちゃんと向き合おう。とことんまで。

いつの間にか春日部の言葉通りになっているようだったが、構わない。

その日、ハルコと檜山は夜中まで二人で飲み続けた。檜山は会計の金額を八十万と伝え、ハルコは嬉しそうにそれを現金で支払った。


同じ頃、歌舞伎町のドールズ・バッドトリップでは、一人のホストが項垂(うなだ)れていた。携帯電話を握りしめたまま、待機室の椅子に腰掛けて。脇には「初シャンパンタワーおめでとう」「本日最高にアツアツのカップル、ハルコ&新谷」などと書かれたタスキが置かれている。先輩たちがわざわざ作ってくれたものだったが、とうとう使わずにその日の営業が終わりそうだった。かき集めた大量のシャンパンも、置かれたまま。時折扉を開けて、先輩の琢磨が心配そうにその背中を見つめる。

ふと携帯電話が振動した。慌ててホストは電話に出たが、それはシャンパンタワー職人からの確認電話だった。長い沈黙の後、キャンセルの旨を伝え、また座り込んだ。喧噪に満ちたフロアと、静まり返った待機室は、見事に対照的であった。

＊

「ねえ、律子」

奈美が漠然と話しかけてきた。

「何？」

「何でもなあい」

レジに座り、つまらなそうに女性雑誌のページをめくっている。律子はその横に立ち、ガラスの向こうの大通りを眺めていた。

「あー、暇だなあ」

今日は第三金曜日。月に一度の、社長自ら店舗に出て接客する日だ。古いビルの一階を利用した直営店舗は、小さいものの「エル・デザインオフィス」の城だ。扱っているのは服が主だが、鞄やアクセサリといった小物まで、自社ブランドを中心に並べている。

「おっ。律子、これ」

突き出された誌面を、律子は興味なげに眺めた。

「また載ってるじゃん、注目の若手起業家だって。ほら、ほら」

「記事確認の時にもう見たから、いいよ」

「クールだなあ」

「遊んでないで、ちゃんと店番しなきゃダメだよ。たまには社長やデザイナーも店舗に出て、お客さんのニーズを探るべきって言ってたのは奈美じゃない」

「大丈夫、大丈夫。平日の十時に客なんて来ないって」

「わかんないよ。私、ちょっと様子見てくる」

律子はガラス戸を開けて通りに出た。その時だった。どこか見覚えのあるシルエットが、向こうから近づいてくるのが見えた。

あれはまさか。例のマッシュウルフ。

慌てて店内へと駆け戻ると、ぽかんとしている奈美をよそに、トイレへと駆け込んだ。

「どしたの？」

「ご、ごめん。ちょっと急にお腹痛くなっちゃって。しばらく店、お願いしてもいいかな」

「いいけど……」

便座にこしかけながら、律子は考え込んだ。

どうしてこんなにあいつに出会っちゃうんだろう。生活圏が近いのだろうか。おみくじの呪いか。

「すみません」

男の声。嘘でしょ。店に入ってきた。

「はい、いらっしゃいませ。何かお探しですか」

普段とは別人のように澄んだ声色で、はきはきと奈美が応対している。普段はぐーたらしていたが、やるときはやる女だ。

奈美、あなたがいてくれて良かった。

「ちょっと聞きたいんですが……」

律子はますます高鳴っていく自分の心臓の音を聞きながら、じっと嵐が過ぎ去るのを待った。

二十分ほどもそうしていただろうか。きょろきょろあたりを見回しながらトイレを出ると、奈美がひょいと小さな瓶を差し出した。

「ほい正露丸。拾い食いでもしたの？」

「あ、ありがとう」

黙ってそれを飲む。相変わらず苦手な味だ。特に不審に思った様子もなく、奈美は再び雑誌に目を落として読み始めた。律子はできるだけそれとない様子を装って聞いてみる。

「さっきのお客さん、何か買ってった？」

「ん？　いや別に。ただふらっと寄って、見てっただけみたい」

「そう」

そこで奈美がニヤッと笑った。

「残念だったねえ。凄いイケメンだったよ。ちょっと派手だけど、律子が好きそうなタイプ」

「え？　そんなことないよ！」

「随分むきになって否定するのね」

「いや、そういうわけでもないけど……」

目を丸くしている奈美の前で、律子はもごもごと言いよどむ。

もう、やめて欲しい。あんな奴がタイプだなんて、そんなことありえないのに。

その日の店番はやけに落ち着かず、律子は窓の外を確かめてばかりいた。
＊

金色のマーライオン像が虹色にライトアップされた水を吐きながら回転している。それも一つではなく、無数に。壁に埋め込まれ、天井から吊り下げられ、極めつけにはフロア中央に巨大なものが一つ。

「お前、大阪人だっけ」

檜山は琢磨に聞いた。

「出身は東北だが。なんで？」

「いや、別に……」

マーライオンの目が時々、ピカッと光る。全てのマーライオンが連動し、同時にだ。

「どうだ？　リニューアルした『ドールズ・バッドトリップ』は」

琢磨は誇らしげに鼻の穴を広げていた。

「前の内装の方が良かったんじゃないかな」

「今の統括リーダーは俺だ、文句は言うな。それに売上げは前より上がってる。派手な方が話題にもなるんだよ」

「そりゃ何よりだ」

「聞いて驚け、このマーライオン、横回転だけでなく縦回転もできるんだぜ。見るか？」

「いや、いいよ。いったん止めてくれ」

ややや残念そうに琢磨がスイッチを切った。ライトも、水流も、マーライオンの回転も止まり、店内は嘘のように静かになった。

「で、何しに来たんだよ。まさか、店に戻る気になったとか」

「ちょっと話がある」

「言ってるだろ。店辞めた人間に話すことなんかない」

そこで檜山は目を見開いてみせる。

「そういえば琢磨、お前のその服……」

「な、なんだよ」

「なかなかお洒落じゃないか」

ぽっと琢磨の頬が赤く染まった。あからさまに目をそらし、そわそわしながら「そ、そうか？」などと呟いている。

「かっこいいぞ。その肩のＬＥＤはもしかして、光るのか」

「実はそうなんだ。見るか」

込んだ。

「仕方ねえな」

琢磨は嬉しそうに背中に手を突っ込むとコードを取り出し、コンセントにぶすりと差し
「電池でも動くんだが、すぐなくなるんでな」

「ほう、これは……」

今度は演技ではなく、息を呑んだ。檜山はどうやら誤解していたようだ。肩のLEDは電飾看板のようにきらきらと点滅するものだと思っていた。実際には違う。センサーが内蔵されているのだろう、声を出すとそれに反応して光るのだ。

「凄いだろう」

琢磨の声。

「凄い」

檜山の声。二人のやり取りが光の波となり、琢磨の肩を行き来する。暗い海を揺蕩(たゆた)う夜光虫のよう。開店前のホストクラブに束の間訪れた幻想的な光景だ。電力がこんなことに消費されていると思うと、檜山は化石燃料への申し訳なさすら感じた。

「そんな凄いお前に聞きたいことがあるんだ」

「何だよ、改まって」

「あのドンペリ買ってた新人についてだ。確か新谷とか言ったな」

「ぜひ見てみたいよ」

「新谷がどうした?」

「あいつの調子、どうだい」

琢磨は押し黙ってしまう。

「今は準備中だよな。まだ出勤していないのか」

「そこにいるよ。昨日からずっとな」

顎で指し示された先を見て、檜山は思わず後ずさる。マーライオンのすぐ横に、マーライオンなみに体を折りたたみ、小さくなって彼は座り込んでいた。

「新谷……」

声をかけても反応がない。呆然と虚空を見つめたまま、かすかに深く息をしている。顔色は悪く、生気が感じ取れない。

「おい、新谷」

肩を持って揺さぶると、焦点の合わない目をこちらに向けた。

「ああ。檜山さんっすか。どうもお世話になりました」

「何言ってんだ、お前」

「ホスト、辞めるんだとさ」

琢磨が溜め息交じりに横から口を挟んだ。

「客にすっぽかされたんだ。シャンパンタワーを作ると約束してた女が、当日になって来なかった。連絡も取れず、代わりの客も見つからない。結局こいつ、自分で買ったシャンパンをまるまる在庫で抱え込むことになったんだよ」

　寂しそうに新谷は笑う。

「俺、ホスト失格っすよ」

「だから。何度も言ってんだろ」

　琢磨が新谷に詰め寄る。

「確かにお前はミスった。詰めを誤ったし、万が一の代打も用意してなかった。それはプロ失格で、さっき言った通りだよ。だけどな、失敗は取り返せばいいじゃないか」

　熱く呼びかける度に、LEDがきらきらと光る。

「余った酒は俺たち上位メンバーが売る。お前はその分、ヘルプで頑張って恩返しすりゃいいんだよ。ドンペリさえちゃんとさばいてしまえば、店の損害は大したことないんだ。なあ、もう一度頑張ってみろよ」

　琢磨は昔から、心根の優しい奴だった。檜山からすればそれが甘さに見えたものだ。実際に彼はあと一歩、売上げが檜山に及ばなかった。だが後輩に慕われ、店の精神的支柱になっていたのは琢磨であった。

「でも、もう自信なくしたんです、俺」

「そんな失敗、誰だって最初の頃はやってんだよ。へこたれずに立ち上がった奴が、ナンバー入りしていくんだ」

「琢磨さん。俺、失敗したのがショックじゃないんですよ」

「何？」

新谷は薄ら笑いを浮かべていた。

「俺、大丈夫だと思っちゃったんす。詰め切れなかったのも、代打を用意しなかったのも、手を抜いたんじゃなくて本当に大丈夫だと思っちゃったんですよ。それくらい、ハルコと俺は、仲良くなって……通じ合えたと思ってたんです」

「まさか、お前」

「そうです。最初に言われたことを、俺、守れなかったわけです。何かもう俺、ホストがほんとに楽しかったんですよね。ハルコは可愛くて、話も合うし、俺を応援してくれるし。こんな子と話すだけでお金が貰えるなんて、夢みたいでした。今だから言えますけどね、俺、この子のためならホスト辞めて、もっと地味だけど堅実な仕事探してもいいかな、とか、母ちゃんに紹介したら喜んでくれそうだな、なんて考えちゃったりして……」

頭をかき、苦笑しながら新谷は続ける。

「まあ、馬鹿ですよね。一人で浮かれちゃって。だからハルコが約束をブッチした時、思い知ったんですよ。俺には無理です。女の子を家畜みたいに見なすことはもちろん、この世界でうまいことやって、食べていくなんてことは……できません」

その笑いは、諦めの笑いだった。人は本当に無理だと悟った時、こんな表情をする。

琢磨が途方に暮れたように檜山を見た。

「その気持ち、まだ変わらないのか」

そう呼びかけた。

「え？　どういうことっすか」

わけがわからない、という顔で新谷は檜山に聞き返す。

「ハルコを母親に紹介するとか何とかって話だよ。要するに、惚れたんだろ」

「いや、でもそれは俺が勝手に勘違いしていただけで。相手はただの遊びのつもりだったんでしょう。今となっては全てが笑い話っすよ」

「勘違いだとか、相手の気持ちだとかはどうでもいいよ。好きな気持ちはあるんだろう。相手のために、何かをしてやりたいって気持ち。それは、嘘じゃないんだろう。だから割り切れなくて、そうして落ち込んでるんだろう？」

檜山の剣幕に、新谷の顔から笑みが消えた。

「まあ……そうっすけど」

「じゃあ、ちょっと顔を貸してくれ」

「一体何なんすか」

胸ポケットに手を突っ込み、檜山は札束を取り出す。目を丸くしている二人の前で、ばさっとそれを机に置いた。

「だいたい八十万ある」

「はあ？　なんすかこの金」

「だいたいと言ったのは、実費を引いているからだ。お前がシャンパンタワーをブッチされた日、ハルコは俺の店、『ヒペリカム』に来た。そして俺はそれだけ、ハルコから巻き上げたんだ」

「おい！」

　琢磨が血相を変えて叫ぶ。

「まさか、本当に爆弾やりやがったのか！　許さんぞ、いくらあんたでも、それだけは」

「この金はやる。元々そっちに流れるはずだった金だ。ハルコは好きに使えと言っていたし、問題ないだろう」

「そんなことで誤魔化されると思ってるのか？　おちょくってんのかよ、俺たちを！」

「すみません、琢磨さん。俺が話してます」

　拳を握って激高し、今にも飛びかからんとする琢磨だったが、それを止めたのは新谷だった。

「檜山さん、どういうことですか」

「そのハルコを知るために、必要だったんだよ」

　ぽかん、と新谷は口を開けた。何もかも、理解できないという顔だ。

「お前もハルコのことがちゃんと知りたいなら、うちに来い。今日、ハルコも来るはずだ」

「一体、何を企んでいるんですか」

「来ればわかる。琢磨、お前も来いよ」

「はあ？　俺もか？」

「何も言わずに辞めて、すまなかった」

檜山は琢磨を真っ直ぐに見つめ、一言一言を絞り出していく。

「こうして再会したのも、何かの導きかもしれん。今度こそ、俺が辞めた理由について説明するから。来てくれ、琢磨」

琢磨は困惑していた。何度も瞬きし、拳を振り上げたり震わせながら下ろしたり、歯を食いしばったり口を開いたり。どう感情を持っていったらいいのか決めかねているようだった。

やがてこちらを睨みつけながら、じっくりと時間をかけて。琢磨は拳を下ろし、低い声で呟いた。

「行ってみて納得できなかったら。その時こそ、本当に許さねえからな」

＊

マスカラを塗る。がっつり、ぷるぷる睫毛（まつげ）の先が震えるまで盛る。それからルージュをたっぷり。仕上げにもう少しチークを乗せて、ハルコの夜顔のできあがり。

今日も「ヒペリカム」に行こう。鏡の中で自分がニヤッと笑った。

時々、どうしてせっかく稼いだお金をこんなことにつぎ込んでいるのか、わからなくなる。美味しいものを食べるとか、旅行に行くとか、いくらでも選択肢はあるはずなのに、どうして。

でも、やっぱりホスト遊びは癖になるのだ。もはや一種の精神安定剤で、やめられない。それも、ただお金を払うだけじゃつまらない。ハルコが一番好きなのは、ホストにあの手この手でおねだりさせた後で、ぽんと札束を出してみせる瞬間だ。ホストの目の色が変わり、こちらに向ける表情も変わってくる。それをじっと見つめていると、心が落ち着いてくるのだ。

私は大丈夫、明日もお仕事頑張ろう、そんなすっきりした気分になってその日を終えることができる。多少のお金なんて、惜しくはない。

いつかは卒業しなければならないだろう。ホスト通いなんてすっかりやめて、昔していたこともありません、みたいな顔で結婚してしまうのかもしれない。

でも今はまだ、もう少しだけ。私はホストにお金を払う。

白いシャツの上にピンクのロングカーディガンを羽織り、ゴールドのネックレスを巻く。黒のズボンの下は赤いハイヒール。

よし、完璧。

シャネルのハンドバッグに分厚いお財布を入れ、ハルコは意気揚々と夜の街に飛び出した。

門が開く。分厚くて大きな門が。

「クラブ　ヒペリカム」、手作り風の楕円看板に並んだ文字。春日部オーナーが書いたのだろうか。ちょっと丸っこくて、可愛らしい。おっと、その下に小さく何か書かれている。

ハルコはしゃがみ込んで、それを読んだ。

「全ての恋する人に、幸あれ」

ふーん。ホストクラブの文言としては珍しい感じ。

いかにも紳士然としたあのオーナーが、書きそうなことだ。

軽い坂になっている小道を通り、母屋へと辿り着く。マホガニーのドアを開くとかすかに木の匂いがして、真鍮（しんちゅう）のドアベルが楽しげに鳴る。

「いらっしゃい。来ると思ってたよ」

檜山浩一が入り口のすぐ脇に立っていた。いつものようにくらっとするほど美しく、着ている派手目な服は扇情的である。

「こちらにどうぞ」

彫刻の並ぶ玄関を通り、シャンデリアの下をくぐり抜け、バースペースに入る。いつもと同じくがらがらだったが、今日はスーツ姿の男性二人が、隅で入り口に背を向けて酒を飲んでいた。

会社員か何かだろうか。ホストクラブに男性客が来ているのを不思議に思ったが、たまにあることだ。すぐに檜山に向き直る。

「今日は、暖炉の前にしよーっと」

ふかふかのソファに飛び込むと、体がずぶっと沈み込んだ。安っぽくない、高級品の感触。

「何飲む？」

「いつものやつお願い、浩一」

檜山は軽く頷き、微笑んでくれる。ただそれだけの動作なのに、天使のようだ。ぽっと頬が赤くなりかける。と同時に、財布の入ったハンドバッグをぎゅっと握りしめた。

薄めのジントニックを作る檜山のたくましい背中を、ハルコはそのままじっと見つめ続けた。

*

「今日は、第四話だったな。俺の物語の」

檜山は乾杯してから、そう切り出した。ハルコは相変わらず楽しそうにこちらを見ている。

「四話目は、どんな内容?」

「俺が、前の店を辞めた理由について話そうか」

「聞きたい、聞きたい!」

「これはまだ、ほんの一部の人にしか言ってない話だ。というか、言えなかったというべきかな。ちょっと勇気が必要でね」

隅の席には琢磨と新谷が座っている。こちらを向いてはいないが、声は聞こえるだろう。本当はもっと早く、琢磨にも言うべき話だった。

「そんな話、ハルコにしてくれるんだ。嬉しい」

「うん。今後のため、ハルコにはしておいた方がいいかと思ったんでね」

そこで檜山は水を口に含み、舌を湿らせた。全てのお膳立ては整っている。後は自分が話すだけだ。とはいえ、やはり自分の弱いところも醜いところもさらけだすのは怖い。言葉を紡ぎ出そうとしても、躊躇せざるを得なかった。

春日部さんの言っていた、過去と向き合うってのはこういうことか。

檜山は目を閉じ、大きく深呼吸をして、それから再び目を開く。ハルコが今か今かと期待に満ちた目でこちらを見ている。

「そのお客さんが来たのは、何日か大繁盛の日が続いた後、店がふっと静かになったタイミング。夏の終わりだった」

水商売には波がある。客が次から次へと押し寄せて捌きれない日があれば、メンバー一同暇で暇で仕方ない日もある。偶然なのか何かのリズムを読んでいるのか、暇な日にばかり来る客もいる。

針谷という百貨店の商品部長も、そんな客の一人だった。

「大丈夫？　こんなに閑古鳥鳴いちゃって。やっぱりあたしがいないと、ここはダメだね！」

先代オーナーの時代からの常連客。五十代半ばくらいだろうか、それでも覇気があり、接客していてこちらの背筋がぴんと伸びるような女性だった。店の事情にも通じているので無理難題を言うこともなく、場合によっては厄介な客の仲裁を買って出てくれたりもする、大変ありがたいお客さんである。

「じゃあさっそく、新人を教育してもらいましょうか」

檜山は入ったばかりのメンバー何人かに声をかける。怯えた様子の奴もいるが「大丈夫、実は優しい人だから」と安心させてやる。新人に彼女を担当させるのは、「ドールズ・バッドトリップ」の恒例行事のようなものだ。

「あ、檜山ちゃん。あなたもこっち来て」

「え？　珍しいですね、ご指名なんて」

「そうじゃなくてね、今日は一人うちの子を連れてきたのよ。そっちを見てあげて欲しくって」

言われて暗がりによく目を凝らすと、針谷の後ろでぺこり、と頭を下げる女性がいた。いかにもおっとりとした風貌で、物珍しそうに店内をゆっくりと見回している。

「わかりました」

なるほど、大常連客が連れてきた若い女性か。これは新人には荷が重いだろう。それを針谷もわかっていて、檜山を呼んだのだ。

「この子、中途で入ってきたんだけどすっごいデキるんだよ。うちの将来のエースだからね、丁重に扱うように」

目配せする針谷に頷き、檜山は女性の隣に座った。

「何飲みます？」

女性の向こうでは、早くも針谷が新人に焼酎を一気させている。その部下なのだからこっちも相当飲むのかと思いきや、返ってきた言葉は拍子抜けするものだった。

「ラムネ、飲みたいです。ありますか？」

それが沙由紀との出会いだった。


「少し変わった客だとは思ったよ。結局ラムネはなかったからサイダーを出したかな。まあでも、やることとは同じさ。様子を見ながら営業をかけていく」

この話は一体どこに繋がっていくのだろう。ハルコは終着点が見えないという顔で、時折首を傾げていた。

「針谷さんの手前、露骨な営業は避けるけどね。元々俺は『育て』をむねとするホストだから、焦らないのさ。百貨店勤務で有望株とくれれば、うまくすりゃ相当良い財布になる。とりあえず、次の来店に繋げるために話をした」

「ノンアルコールしか飲まない客でも、儲かるの？」

「関係ないよ、酒はホストが飲めばいいだけだから。でも、あんまり場は盛り上がらなかった。隣はドンチャン騒ぎなのに、俺と彼女の席だけ凄く静かだった」

「へー。浩一のトークスキルを以てしても、ダメなの」

「反応の薄い子なんだよ。身の上話をしても、持ち上げても、とっておきのネタ話をしても、俺がナンバーワンになった話をしても……ふうん、って感じなんだ。暖簾に腕押し。

だけどつまらなそうにしているわけじゃなくて、にこにこ笑って聞いてはくれるから、ますますわからない。結局その日は、俺が空回りしただけで終わった」

「浩一が空回りすることなんて、あるんだねえ」

ハルコは面白がっている。

「あるさ。その子の前じゃ、ずっと空回りしっぱなしだ」

檜山は溜め息と共に認めた。

「とにかくその日は失敗した。全く手応えがなかった。もうその子は店に来ることはないだろうなと思ってた」


だけど、沙由紀は来た。

それも一人で、檜山を指名して遊びに来るようになった。それほど頻繁にではないが、二週間に一度くらい、定期的に。

「ラムネ、ある？」

相変わらず沙由紀はほんわかとした調子で聞く。

「サイダーしかないよ」

「そっか。残念。じゃあサイダーをください」

「ラムネとサイダーって何が違うんだい」

「それはね、瓶が違うんだよ」

「え、瓶だけ？」

「瓶だけが違うよ。味も違うっていう人もいるけど、本当は瓶だけなんだ」

大真面目な顔でこんなことを言うものだから、檜山も何だかおかしくなってきてしまう。

「じゃあ、ラムネの瓶に移し替えればいいってことじゃん」

「そうだよ。だからね、今日は瓶を持ってきたの」

沙由紀は頑丈そうな革製のビジネスバッグから、ラムネの瓶をひょいと取り出す。中でビー玉がころんと揺れていた。

「今日はこれに注いでくれるかな」

「いいけど。俺も何か飲んでいい？」

「うん、いいよ。あ、檜山君の瓶もあるよ」

二本目の瓶が置かれ、二つのビー玉が照明を受けて光る。このあたりで限界だ。檜山は思わず噴き出し、自分もサイダーを注文してしまう。利益率の高いシャンパンを頼むことなどすっかり忘れて、本当にサイダーとラムネの違いが瓶なのか確かめたくなって。

とにかく沙由紀は次にどんなことをするのか予想がつかない。百戦錬磨の檜山でも毎回振り回されてばかりだった。

「なのに、振り回されるのがそんなに嫌じゃなかったんだ」

ハルコはぽかんとする。

「え、どうして？」

「どうしてなんだろうな」

改めて聞かれると、自分でもよくわからない。

「あの子が来る度に、何とか自分のペースに引っ張り込もうとし続けたよ。今日こそボトルを注文させようとか、イベントに呼ぼうとか。でも、必ずもくろみをぶっ壊されるんだよ。あんまり完璧に粉砕されるもんだから、何だかそれが清々しくて……次はどんな風に振り回されるのか、楽しみになってくるんだ」

ふうん、とハルコは息を吐く。

「なんかそういうのって、浩一らしくないね」

「そう思うよ」

檜山は頷く。部屋の隅でかちっと、ライターの石の音が響く。

「そのせいで、色んな奴に心配かけた」

二人組の男が、紫煙を立ち上らせている。ややバニラに似た甘い香り。

「でも、自分でも自分に何が起きてるのか、わからなかったんだ。俺自身、混乱してた
……」

「最近、どうしちゃったんですか」

琢磨に問い詰められたのは、沙由紀が来るようになって半年、桜が咲き始めるちょっと

前のことだった。

「悪かったよ。うっかりしたんだ」

人がはけたあとの店内で、立ったまま檜山は額を押さえ、床を見つめる。

自分でも自分が信じられなかった。

「うっかりって……そんな話ですみますか」

琢磨もわけがわからない、という顔でこちらを見ていた。言いたいことはわかっている。

昨夜の営業中、檜山に指名がかかった。その客はソープで稼いだ札束を手に週に三日はやってくる、檜山が育てた太客の一人だった。

彼女はシャンパンを入れる気満々でやってきて、呼ばれた檜山もそれまでついていた席を離れ、いつものように彼女に目配せして、席に向かった。本当に、その瞬間までは大丈夫だったのだ。

ふらりと、沙由紀が一人で店に入ってきた。

出くわした檜山に「やあ」と手を挙げる。軽く挨拶だけして受け流そうとしたのだが、
沙由紀がおもむろに言った。

「今日は、一言も会話しないってのはどう」

「あ？　どういうこと」

思わず聞き返してしまった時には、術中にはまっていた。

「私、話すの苦手なんだ。あなたは得意みたいだけど。それって不公平でしょう。だから

今日は言葉になる声は一つも発しちゃダメ。身振り手振りと、言葉にならない声だけで、いつもみたいに話すの」

「何だよそりゃ」

笑い出しそうになるのをこらえたが、沙由紀は大真面目な顔だった。

「あなたがナンバーワンになって上を目指してる話、聞きたいなあ。身振り手振りで、できるものなら、だけど。もしできなかったら、今日は無言でラムネだけ飲んで帰るつもり」

「ようし、やってやろうじゃないか」

「席に座ったらスタートだよ。いい？」

「ああ」

普段なら絶対にあり得ないことだった。呼ばれているにもかかわらず、何のフォローもなしに他の女性の席に行くなんて、ホスト失格である。仮に新人がやったことなら、檜山は厳しく叱責していたはずだ。

だが、檜山はそのまま沙由紀と席に座ってしまった。頭のどこかが麻痺していたとしか思えない。スタッフ全員がまさか、と思った。檜山に限ってそれはないはずだった。だから他のスタッフによるフォローも遅れ、指名した女性客はカンカンに怒って帰って行った。店は重要な太客を、巨額の売上げを失った。

「責めてるんじゃありませんよ。心配してるんです。どこか体の調子が悪いんじゃないですか。あるいは寝不足とか」

琢磨は不安げに檜山の顔色をうかがう。

「そうでもない限り、ありえないでしょう」

その通りである。

檜山は自分があんなミスをするなど、考えたこともなかった。それくらい体に叩き込まれたルールのはずだった。だが一方で、再び沙由紀がやってきて檜山の想像もつかない何かを口にしたら。ふらふらとその席に座ってしまうような恐ろしさもあるのだ。

自分の中で何かが崩れ、歯車が噛み合わなくなっている。脂汗が額から垂れる。

「それとも何か考えがあるんですか。あの沙由紀って女、太客失ってまで育てる価値があるんですか。一度もシャンパン入れたこともないし、これからも入れそうには見えないんですけど。俺の考えでは、あれは典型的な冷やかしですよ」

「そうだな。そうだ」

琢磨にそう答えるのが精一杯。

「正直、俺たちずっと檜山さんに頼りっぱなしでした。この店は檜山さんでもってました。ただ、少しは俺たちも成長したつもりです」

檜山は顔を上げ、琢磨を見た。

「あ、いや。違いますよ、悪い意味じゃないです。檜山さんが無理しなくても、何日か休んで貰っても、俺たちがちゃんと支えるから大丈夫だって言いたいんです」

「ああ」

礼を言う余裕はなかった。

休むなんて冗談じゃない。体はどこも悪くないし、俺にはホストとして稼ぐ以外に何もやることがない。休んだって何をしていいかさっぱりわからない。何より、俺を楽しみにしている客たちはどうなるんだ。しばらく休業中だなんて話で納得するものか。客とホストが繋がっているのは店での時間だけではない。電話やメール、メッセージアプリを通じて、ずっと一緒に過ごしているのだ。それを途絶えさせてみろ。一度離れた客を取り返すのは並大抵のことじゃないぞ。

休むわけにはいかないんだ。

走り続けなければ、俺は積み上げてきた全てを失ってしまう。

「何か悩みがあるなら、頼ってくださいよ」

琢磨に悪意などないと、頭ではわかっている。しかし檜山は、彼の言葉が己のやる気に水をかけているようにしか思えなかった。

「大丈夫だ。ほっといてくれ」

「本当に大丈夫ですか」

「大丈夫だ」

その時の琢磨の目は、忘れられない。

それまで続いてきた何かが終わり、新しいものに組み替えられていく予感。恐怖と不安が、瞳に浮かんでいた。

彼にかけてやる言葉もなく、檜山はその場を離れることしかできなかった。

「そのお客さんは、何のために浩一のところに通ってたんだろうね」

ハルコが宙を眺め、ふと言った。

「そう、わからないよな。俺もそれが、ずっとわからなかった」

檜山は頷き、思わずハルコを指さす。それから慌てて指を引っ込めて続けた。

「客の前でこんなこと言うのもどうかとは思うけど……」

「いいよ、何でも言って。浩一が言うことなら、私平気だから」

「ホストクラブで目的を持ってない奴なんていない。あそこは目的と目的を合致させるための場所なんだ。ホストが売上げやナンバーを気にするように、女だって自分の払った金や、順位を気にしてるのさ。いくら払ったから、お気に入りのホストの中で何番目になったとか、彼の心のうちどれだけを占めているかとか、考えるものなんだ」

ほー、とハルコはもっともらしく頷く。

「だけどあの子には、他の客を気にしている様子がない。わざわざ俺を指名しているくせに、俺が席を立っても無反応だし、席に来ればくだらない遊びをするばかり。それ以上は何も要求しないんだ。ホストクラブの中で、彼女の席だけが異質の空間だった」

「いやいや、それは浩一のことが好きだからじゃないの。つまり、浩一に会いたいから、通ってたんだよ」

「違う」

きっぱりと檜山は否定する。

「少なくとも、俺にはそうは感じられなかった」

「そんなわけないじゃん。じゃあ、どうして定期的に来るのさ」

「わからない。だから、怖かった。怖かったんだ」

檜山はたらりと額から流れ出す脂汗を感じた。


泥にまみれて沼に沈むような眠り。

あの日、はっと目覚めた檜山の前で、ベッドカーテンが揺れていた。隙間からは微かに陽の光。バリ島のリゾートを模した構造のホテルだが、ラブホテルはラブホテルである。窓は全開にしても大した光量にはならない。それでも久しぶりに爽やかな朝だった。

「おはよ」

沙由紀がいた。

「お茶飲む？」

いつもと同じようにのんびりとした様子で、椅子に座って本を読んでいた。ようやく意識が鮮明になる。布団をはねのけ、自分の体を確かめる。昨日のシャツをまだ着ていた。軽く寝汗をかいていて、しわくちゃだった。念のためベッドサイドの照明操作パネルを見たが、そこには未使用の避妊具が二つ、いつもと同じように据え置かれていた。

していない。俺は昨夜、沙由紀と何もしていない。

「よく寝てたねえ」

そうだ、寝ちまったんだ。俺としたことが。

ケトルからカップにお湯を注ぐ音。ふわふわ浮いた湯気が、窓から入るそよ風で流れていく。

「よっぽど疲れてたんだね」

沙由紀がティーバッグを揺らしている。ルビーのような赤が広がり、湯を染めていく。

「無理しちゃダメだよ。アフターって、要するに残業でしょう？　君、働き過ぎだって」

砂糖とミルクは、と聞かれて黙って首を横に振る。沙由紀の纏っている雰囲気を前に檜山は声が出せなかった。何だろうこれは。優しい、そう彼女は優しい。だけど冷たい。どこにもとっかかりがない絶壁、つけいる隙のない完璧さ。

受け取ったカップが震えた。波打った紅茶がこぼれ、シャツに落ちた。

「どうして、させなかった」

慌てて紙ナプキンを持ってくる沙由紀に、そう聞いた。沙由紀の動きが止まる。

「アフターで、ホテルだぞ。できたんだぞ。俺はお前のものだったんだ」

きょとんとしている沙由紀の前で、檜山の体は素早く動いた。己のシャツのボタンを外し、上をはだけてみせる。そして沙由紀の肩を抱き、正面から見つめた。

「俺、綺麗だろ」

それは事実だった。事実を口にするのに照れも恥じらいもいらない。沙由紀の背後の鏡には、まるで人形のような檜山の顔と体が映っている。

「俺の気を引きたくならないのかよ。アフターしたがってる女が何人いると思う？　何十万も払って、俺の体を、心を、手に入れたい女が」

「君は、素敵だと思うよ」

沙由紀は困ったようにふっと笑う。

そんな顔じゃないだろう。お前がするべき顔は、そうじゃない。頬を赤く染めて、目を潤ませて、ゆっくりと体の力を抜くべきなんだ。他の女はみんなそうしたんだ。なのにお前ときたら。

「どうして、ただ寝かせたんだよ……」

居酒屋で食事を終えて、ホテルに入って。こんな風に迫った俺を受け流し、横にさせると、ただ頭を撫でてくれた。ぼそぼそと薄暗い中で話しているうちにだんだん眠くなってきて、そのまま――

「だって、疲れてるように見えたから」

「疲れてたってできるんだよ。俺がどれだけ枕してきたと思ってる。デブだろうと、ばあさんだろうと、俺は必ず満足させられる。それが仕事なんだから」

何を言っているんだ俺は。檜山はだんだん、わからなくなってきた。

「疲れてるなら、仕事はしなくていいんじゃない。寝なよ」

「そうじゃない、そうじゃない！」

檜山は必死に首を振る。なぜだろう。だんだん、悲しくなってきた。

こんなによく晴れた気持ちのいい朝なのに、目の前が真っ暗になっていくようだった。体温が消えていく。部屋が縮まっていく。どこにも行き場がなくて、一緒にいてくれる人もいない。食べ物も、寝床も、玩具も、何一つない――

「十六からホストクラブで働き始めたって言ったよな」

いつかハルコに伝えたことを、もう一度言う。

「うん……お母さんが亡くなって、お父さんが覚醒剤の売人だったんでしょう。それで家にいたくなくて、外に出たって」

新谷が椅子を座り直した。琢磨が、二本目の煙草を出しかけたのち、戻した。

「そうさ。あの寒々しい街を、良く覚えている。でっかくて、たくさんの人がいて、独りぼっちの俺。俺には何にもなかった、何にもなかったんだよ」

バースペースは静まりかえっている。

「ホストクラブだけが、居場所だった」

檜山が絞り出すように話す言葉だけが、雨だれのごとくぽつりぽつりと落ちた。

「勉強もできないし、運動も大して得意じゃなかった俺にあったのは、この顔と肉体だけだった。それを高く買う女がいた、いっぱいいいた。ありとあらゆる女が俺を欲しがった。

手に入れたがった。俺はうまくご機嫌を取って、自分を演出して、そうしてたくさんのお金を手に入れたんだ」

　ふっと自嘲する。

「昔、俺はホストの後輩に『客を人間だと思うな、家畜だと思え』と教えていた。ま、大事な心構えさ。だけど、本当は違う」

「どういうこと」

「人間じゃないのは俺だったんだ。何にも持っていない俺こそが、客に飼われる家畜だった」

「俺を！」

　沙由紀の前で、檜山はもはや己をコントロールできなかった。だから大声で怒鳴ると、相手を押し倒した。

「俺を、欲しがってくれよ。俺に何かさせてくれよ」

　涙が溢れてきて、止まらない。悲しくて、恐ろしかった。ダブルベッドに組み敷かれながら、沙由紀は相変わらず穏やかな目で檜山を見上げていた。

「俺に欲情しろよ、俺を好きになれよ、俺を独り占めしたくなれよ。もっと欲を俺にぶつけてこいよ！」

　こぼれた涙の粒が、沙由紀の顔にぽたぽた落ちる。沙由紀は瞬きもせず、じっと目を見開いている。

「そうじゃないと。そうじゃないと、俺……」

音もなく、沙由紀が片手を挙げた。そしてそっと檜山の額に当てた。すべすべとした感触、心地よい冷たさ。

「わかるよ。怖いんだね」

そっと囁くような声。

「ずっとお金で求められてきたから、他に異性との付き合い方を知らないんだね。ホストとして求められなくなったら、また居場所がなくなってしまうような気がするんだね」

気づけば、沙由紀も泣いていた。

「顔と体に自信があるんじゃなくて、他のどこにも自信がないんだね」

檜山のようにぐしゃぐしゃに泣くのではなく、すっと目尻から光るものが糸を引いただけで、相変わらず微笑んでいた。

「でもね、誰かを好きになるってそういうことじゃないと思うよ」

「じゃあ、何だって言うんだよ。お前が何を知ってるんだ」

「誰よりも多くお金を払ったから、一度セックスをしたから、それで何かが手に入ってるわけじゃない。お金なんて必要な分だけ貰えばいいし、セックスも気が向いたらすればいい。お金や、体じゃないところに心があって、心が心を好きになるんだよ」

「心が、心を……」

「心は見えないんだよ。見えないから怖くて、みんな形にしたがるけれど、でも絶対に見えないんだ」

どくん、と心臓の音が聞こえた。

「見えないんだから仕方ないよね。誤魔化しはきかない。君がどれだけ美男子だろうと、スマートだろうと、残念ながら全く関係ない」

沙由紀の言葉は何か、檜山の奥の方に突き刺さり、そこで痛みを伴いながら硬いものを溶かしているように感じられた。

「君がおじいちゃんになろうと、皺だらけの入れ歯塗れになろうと、でっぷり太ろうと、ガリガリに痩せようと、関係ない」

何も言えなかった。檜山はただ、沙由紀の言葉を取り込むので精一杯だった。

「死んでしまっても、血も骨も肉も何もかも、肉体がこの世になくなってしまっても、関係ないんだよ」

力の抜けてしまった檜山の腕をそっとどかして、沙由紀は起き上がる。そしてそっと檜山の額に、己の額を押し当てた。

「頑張りすぎだよ。少しのんびりしたらいいよ」

「そこで俺は、見下すのもいい加減にしろって言った」

今日は、ヒペリカムに他の客は来ない。ハルコが入った後に貸し切りの札を出しておいた。

「本当はわかってた。あの子は俺を見下しているわけじゃないってことを。いや、見下していたのかもしれないけれど、少なくとも俺の前に札束を置いて、ホテルに誘おうとする成金女の見下し方とは別だった。でも、受け入れられなかったんだ」

「どうして」

ハルコが呟くように聞いた。

「どうしてだろうな。ただの強がりか、意地っぱりか。受け入れる勇気がなかったんじゃないか。あるいは、無理だと思ったのかもしれない。彼女のように物事を考えるのは、自分には不可能だと」

一呼吸置く。あの時一歩踏み出せなかったせいで、檜山は随分遠回りしている。

「俺はその子に、二度と店に来ないでくれと伝えた」

気まずい雰囲気でホテルを出たときには、もう昼近かった。

沙由紀と二人、手を繋ぐわけでもなく、しかしただの友達というわけでもなく、並んで新宿の街を歩く。

「ごめんね」

ぼそりと言ったのは、沙由紀だった。

「仕事の邪魔をするつもりはなかったんだよ」

檜山はわざと大きく溜め息をしてみせた。

「わかってる。けれど、調子が狂うんだよ、お前といると。だからもう来ないで欲しいんだ。店での俺の立場もわかってくれよ」

「そっか……ごめんね」

街には無数の人がいる。カップルもいれば、サラリーマンもいる。ホストらしき男と女もいた。檜山も何度となく客と二人でこの道を歩いてきたが、こんなに惨めな気分でいるのは初めてだった。

「なんか、初めてお店で会ったときにね」

沙由紀も項垂れたまま、言う。

「この人凄く無理してるなあ、大変そうだなあって思ったんだ。だからなんか、ほっとけなくて」

「つまり、同情ってわけ？」

「ううん。もっと、自然に笑って欲しくて。覚えてる？ ラムネの瓶の話とか。君、たまに凄く嬉しそうに笑うんだ。それが私も楽しくて、気づいたら通うようになってた。売上げとかそういうことより私は、君の……」

「同情なんだろ。俺を見下して、いい気分になってるだけだ」

「そう……かもしれないね」

「俺に元気でいて欲しいのなら、ほっといてくれよ」

なぜか口から出てくるのは刺々(とげとげ)しい言葉ばかり。

交差点の信号で立ち止まる。

「ごめんね。本当に、困らせるつもりはなかったの」

沙由紀が申し訳なさそうに檜山を見上げた。

「もうお店、行かないから。たまにはゆっくり寝るといいよ」

「ああ」

これでいいはずだった。

沙由紀さえ檜山の前から消えてくれれば、何もかも解決だ。変なミスをすることもなくなるし、琢磨を心配させなくてすむ。店は拡大し、檜山の貯金も増え続けるだろう。何より沙由紀に心を振り回されることがなくなる。平穏が戻ってくる。いつも通りの毎日が。

「じゃあ、バイバイ」

沙由紀が視線を切る、踵を返す。黒髪が揺れる、その背が向けられる。離れていく、彼女が離れていく。いいんだろうか、本当にこのままでいいんだろうか。檜山の中で何かが叫び、抗(あらが)えと促した。ポケットに入れっぱなしの指先が、何かを掴んだ。

「待って」

「何？」

「これ……やるよ」

再びこちらを見てくれた沙由紀に、檜山は小箱を突き出した。往来の真ん中だったが、行き交う人々は誰も二人に興味を持たない。

「何これ」

「指輪」

それは学生カップルなんかが贈り合うような、割と廉価なショップの指輪だった。小箱を開けて、沙由紀が苦笑している。

「何でこんなもの、用意してるの」

「渡すことにしてるんだよ、一晩一緒に過ごした客には。二人の特別な証とか言っておけば、効果は絶大だからな……俺が持っていても仕方ないから、やる」

「ゴールドに蝶々に、ピンクね。ガーリーなデザイン。あんまり趣味じゃないかな」

「捨ててくれてもいい。とにかく貰って欲しいんだ」

「まあ、そこまで言うなら受け取るよ。ありがとう。でもさ、ついさっき愛は形にできないって言った私に、形を送るんだもんなあ、君は。相変わらずズレてるっていうか」

言っていることは嫌味にしか聞こえなかったが、沙由紀は嬉しそうに笑っていた。そんなところも、無性に心をかき乱された。

「うるせえな。それ持って、さっさとどっか行けよ！」

檜山はぷいとそっぽを向く。はいはい、という沙由紀の声が雑踏に紛れて消えた。

この街には無数の男女が歩いている。互いの体を求め合い、互いの顔を眺め合い、互いにものを贈り合って、そのお金の流れで社会が回っている。そんな世界で、心が何だ。見えないものを好きになる？　ありえない。

そんなこと、できるわけがない。

だけど。

「なあ。俺も、いつか――」

振り返った時には、すでに沙由紀の姿はなかった。

一人でバカみたいに口をぱくぱくやってから、檜山は再びポケットに手を突っ込んだ。

そして歌舞伎町の奥、己のすみかへと、戻っていった。


「それが二年と半年ほど前の話さ」

唖然としているハルコに、檜山は告げた。もう脂汗は出ない。

「色々、かっこ悪いだろ。ナンバーワンホストのやることとは思えないよな。だから恥ずかしくてなかなか言えなかった。信頼してた後輩にも。結局、何も言わずに辞めた……」

「辞めちゃったの」

「その子は店に来なくなったけれど、俺の調子は元に戻らなかった。いや、売上げは戻ったかな、でも気持ちが入らないんだよ。結局半年ほどずるずると割り切れないまま続けて、辞めた。春日部さんが俺を拾ってくれて、今はここにいる。一度、よく考えてみたくなったんだ、自分が何をしたいのか」

そこでパンと己の頬をはたく。

「違う。まだ逃げてるな。骨の髄までかっこつける癖がついてるから、なかなか抜けねえ」

パンパン、と両手ではたき、覚悟を決める。

「今のなし」

ハルコに真顔で告げる。

「う、うん」

見つめたまま言う。

「俺はもう一度あの子に会いたいんだ。会って、話したいんだ」

「その人は今、どうしてるの」

「さあ、わからない。もうとっくに俺のことなんか忘れて、結婚して、家族を作ってるかもしれない。いや、彼女のように魅力的な人であれば、きっとそうだろう。でもいいんだ。そんなことはどうでもいい、俺はただ、胸を張って彼女の前に立って——今度こそ正直に、話をしてみたいだけなんだ」

「胸を張って。正直に……」

ハルコが口をつぐむ。

檜山はそっと笑い、次の言葉を口にした。

「お前もそうだろ？」

「わかるよ」

＊

檜山が言う。私の瞳の奥まで真っ直ぐに見つめて、優しく微笑みながら。

「ハルコ、お前のことが俺にはよくわかる。そっくりだからな」

「な、何の話？　突然」

「俺も怖かったさ。ただ一人の女に会うために、せっかく手に入れた地位も収入も客も、何もかも失うなんて、自分でもあり得ないと思ってた。だけど今なら言える。俺は、前に進んでる。お前もこっちに来いよ」

「意味がわからないよ。何言ってんの、浩一」

私は笑って誤魔化しながら後ずさる。すぐに背もたれにぶつかった。

「いつまでも意地張ってんなって話だ」

檜山がそっと右手を差し出してくる。その手が、私の顔に向かって伸びてくる。怖がらせないようにだろう、静かにゆっくりと。

「周りにはわかるもんなんだ。女は俺を買い、飼うものだと思い込んでいた当時の俺が、あの子からは辛そうに見えたように。自分では気づいていなくても。今、このままでうまくいっていると思い込んでいても。心の奥で、助けを求めてる」

掌が私の視界を覆った。額を越え、そっと髪に触れてヘアピンを外す。そしてヘアネットごと、金髪のウィッグを取り外してゆく。

「苦しそうだぜ、お前」

どうして彼のなすがままになったのか、わからなかった。とにかくその時は抵抗する気になれなかった。

油断していたのだろうか。ばれていないという確信があったから、ハルコのかつらと化粧と服の下で、藤堂律子が息を潜めていることなど誰にも知られていないはずだったから、咄嗟に反応できなかったのか。

それとも彼の言う通り、私はいつか、誰かに暴いて欲しいと思っていたのだろうか。

「どうして」

私は聞いた。

「どうして、変装がわかったの？」

ウィッグを外した頭は清々しくて、軽かった。

部屋の隅で二人組の男が、あっと叫ぶのが聞こえた。


「お前の変装？　スーツを脱いでギャル風のアイテムで身を包み、化粧を派手にしてウィッグかぶる程度のそれは、最初からわかってた。わからなかったのは、何でそんなことやってるのか、だった」

自信満々な語り口。

「そんな、どうして。一度も隙は見せなかったはずなのに。私はハルコを、演じきってたはずなのに！」

「お前、ホストを舐めてるだろ。それが全てだ」

「じゃあ詳しく言ってやる。答え、一つ目。ホストはバカだと思ってるだろ。商店街で売ってそうなド派手で安っぽいジャケット、だとか言ってたな。まあそういうホストもいるが、一部だ。俺クラスになれば、ファッションブランドの社長をやっているあんたと同じか、それ以上に服には詳しい。どんなブランドが、どういう理念で作られて、社長がどこの誰で、どれくらいの価格帯で、どんな層に受けてて、新商品が何かまで……全部知ってる。身につけているものは、客を測る物差しだからな。相手を一瞥しただけで、収入がどれくらいで、どういう趣味の持ち主かがわからなければ、満足な接客はできない。店に出ていない時間で勉強してるんだ。ファッションの雑誌を読みあさったり、実際に店舗に行って情報収集したり」

「それは……」

うへえー、とどこかから声が聞こえてきた。

部屋の隅の二人組が、檜山の話に反応しているらしい。

「そんなこと、やってますか?」「いやいや、無理無理」などとぼそぼそ言い合っている。

「確かに私は雑誌に取材されることもあったけど。まさかそれだけで……」

「答え、二つ目。ホストは女の顔を忘れない。いや、違うな。見分けがつくと言うべきか。牧場主が牛や豚の顔を判別できるように、俺たちも女の造作を骨格レベルで頭に叩き込む。来店が一年ぶりだろうが十年ぶりだろうが、すぐに思い出せなきゃ失格なんでな。整形したってわかるぞ。美容整形の手法は頭に入ってるんだ。正直、化粧だのウィッグだのカラコンだので誤魔化した程度じゃあ、小手しらべにもならない。オフィス用品店で会ったスーツの女が、ギャル風のファッションで店にやってきたって、丸わかりだ。いちいち指摘もしないがな。神社で出くわして必死に顔を隠してる時なんて、どう反応していいものか、困ったくらいだ」

ちょっ、とまた声が聞こえてくる。

「整形なんて見分けられないでしょ？　見分けられないから整形なんじゃないですか？」

「実はポイントがあるんだよ。俺も先輩に習ったんだが、耳の裏や生え際、顎とか、痕跡が残る場所があるんだ……今度教えてやる」

こちらを盗み見ながら、ひそひそやっている。

あの二人は一体何なんだろう。訝しむ間もなく、檜山が続けた。

「三つ目。わかるんだよ、女が考えてることなんて。うんざりするほど見てきているから。そうだな、面白い豆知識を教えようか。女の嘘にはいくつかパターンがある。『自分の話を他人というていで語る』なんてのは、その一つだ」

はっと律子は息を呑んだ。

何か言ったような気がする。私は、何かを。

「ホストに騙されて金をむしり取られるからやめとけ、と言ったのを覚えてるか。そうしたら、お前は明らかに困惑を見せたんだ」

そうだ。ホストが自らそんなことを言うとは信じられなくて。

「その時お前が、何と言って誤魔化したかわかるか？　俺ははっきり覚えてる。お姉ちゃんと同じ意見だったから驚いた、って言ったんだよ。潔癖で、異性関係にうるさくて、大学を出て小さい会社の社長をやってるお姉ちゃんがいるって……」

律子は震えた。

確かにその通りだ。私は咄嗟に嘘をついた。ついてしまった。檜山の長い睫毛の奥で、黒い瞳がまるで深い闇のように広がっている。

「あれ、お前自身の話だろ？」

ああ、奈美と同じじゃないか。「知り合いが行ったホストクラブの話なんだけど」なんて、バレバレの嘘をつく奈美と全く同じ。他人ならすぐにわかるし笑えるのに、自分では指摘されるまで気づかなかった。

「それが一番の決め手だったかな。だから雑誌の記事であんたを見た時に、すぐにわかった」

「す、すっげえ」

また、あの二人組。いちいちうるさいなあ。

「これが伝説のナンバーワンホスト。琢磨さんが憧れた、五千万シャンパンタワーの三連チャンを成し遂げた」

最初はこちらに背を向けていたのに、今やスポーツ観戦のように立ち上がってこちらを見ている。背の高い方なんて、肩で何かＬＥＤのようなものを光らせている。こっちは真面目な話をしているというのに。

待てよ。あの人、どこかで見たことがあるような。

「問題はなぜ、変装してわざわざ店に来て、金を払いたがってるかだ。こういう場合はいくつかパターンがある。たとえば他に本命ホストがいて、そいつに振り向いて貰うため、あえて他のホストに金をつぎ込むとかな。だが、琢磨や新谷に確かめてみても、そういう様子はない。どうしてなのか、ずっとわからなかった。そして昨日高額なシャンパンを注文させた時の嬉しそうな顔を見て、ようやくわかった」

二人組は、固唾を呑んで話を聞いている。私は息を呑んだ。どこかで見たどころじゃない。私がヒペリカムの前に入り浸っていたホストクラブ、ドールズ・バッドトリップの二人だ。私を担当していたホストと、その上司。なんでここにいるんだろう。

「お前は、ホストに金をぼったくられると安心するんだろう。その安心を求めてホストに通うんだ」

「え、ええっ？」

担当ホストだった新谷が絶句する。

「ありえない」

服装のセンスがおかしめの上司も同様の反応だった。

「確かに普通はありえない。だけど俺には信じられる。同じだからだ、女に求められて安心していた俺と。彼女にして、結婚して、お金なら払うから抱いてと迫られるたび、自分はまだ大丈夫だと思えた俺と。何もしなくていいよ、少しは休みなよと言われて悲しくなった俺と」

ただ呆然と、目の前の男を見る。

美しい顔をした男を。私の心の奥深くまで、入ってこようとする男を。

初めのうちは自分を責めてばかりいた。

浅見先輩のような男に引っかかってしまった自分が、相手の本性を見抜けなかった自分が、情けなくて悔しくて仕方なかったから。

――ちゃんとお前の価値を見定めてそれに応じた態度を取ってる俺と、俺の内面も見ずに惚れたお前。相手を人間扱いしてないのは、どっちだ？

浅見先輩の言葉が何度も頭の中でこだまする。そのうちに、だんだん腹が立ってきた。

私が悪いの？

こんなに辛い思いをしているのに、私が悪いって言うの。そんなはずないよ。悪いのはあなたの方でしょう。自分の見た目がいいのを利用して女の子を弄ぶ、男が悪いんだ。負けたくない。悪い奴らなんかに負けたくない。

そう思った。

檜山はハルコに囁く。

「スーツ姿のお前と、色んなところで出くわしたよな」

オフィス用品店、道ばた、神社……。

「あれは基本的に偶然だ。だけど、決まってその後にハルコになって、『ヒペリカム』にやってきたのは偶然じゃないんだろう？」

はっと息を呑む。

「つまりお前は、ホスト風の男……自分で言うのも何だけど、俺のような美男子に出くわすと、ホストクラブに行きたくなるんじゃないのか」

確かにそうかもしれない。

「実際、俺がお前の店に顔を出しに行った今日、お前はここにやってきたわけだ」

自分でもはっきり意識していたわけじゃないけれど、確かに私がホストクラブに行くのは、そういうタイミングが多い気がする。


悪い美男子に負けないよう、私は戦う決意を固めた。もう二度と、騙されない。決して誘惑されるもんか。今度こそ、今度こそ——

そう自分に言い聞かせていた頃、呼び込みに声をかけられた。ホストクラブだった。断わろうと思ったが、ふと思いついた。

これは自分を試すには、絶好の機会ではないか？

階段を下りると、喧噪が全身を包んだ。

飛び込んだその世界で、私は思っていたよりもずっとうまく立ち回ることができた。

ホストが調子のいいことを言っても、私を褒めたり持ち上げたりしても、冷静に眺めていられた。所詮、この人たちは金のためにやっているのだ。浅見先輩と同じで、私の存在なんてどうでもいいと思っている。

酒のおかわりを勧められたり、シャンパンを求められたりするたび、嬉しいくらいだった。金目的であることをホスト自ら証明してくれているのと同じだから。

ほら、やっぱりそうでしょう。何もかも自分の売上げのためなんでしょう。私にはわかってる。わかった上でここにいる。

ホストが大声でコールし、場が盛り上がっていく。私の心はますます冷めていく。表面だけは楽しんでいる振りをしてみせるけれど、内心そんなことを考えているなんて、ホストは誰も気づいていない。今、一番優位に立っているのは私なのだ。

良かった。これなら大丈夫、私は大丈夫。

浅見先輩に振られてからずっと失っていた自信を、やっと取り戻せた気がした。

「確かに、あなたに会う度にお店に行きたくなった」

もはや、ハルコを演じる意味はない。律子はぶりっこ寄りの声色をやめて、商談で男性社員と向き合う時の声で白状した。

「あなたも結局女の子を食い物にするような人だって、確かめたかったんだもの」

初めてのホストクラブを無事に出た時、何とも言えず爽快な気分だった。やっぱりそうだった。美男子たちは悪人だった。

浅見先輩は、自分は美しいから価値があるというようなことを言っていた。実際、生まれた時から飛び抜けた美貌を持っていたらどうだろう。みんなにちやほやされる中で、他人の好意を当然のものだと思ってしまうのではないか。感謝する心や、相手を尊重する気持ちが薄まっていく。

浅見先輩は悪いイケメンだったのではない。

イケメンだから、悪に染まったのだ。

美には、確かに価値がある。自然界において、鋭い牙を備えているとか、猛毒を秘めているとか、そういうことと同列に語れる一種の武器なのだ。

強い者に、弱い者の気持ちなんかわからない。イケメンはみんな、弱い者を踏みつけて歩いて行く。それを忘れちゃダメだ。

ちょうどその頃、奈美と一緒に始めたブランドが、うまく回り始めていた。口コミで広がり、かなりのお金が手元に入ってきた。

私はちょくちょくホストクラブに足を運ぶようになった。社員みんなが帰った夜に、誰にも気づかれないように変装をして、偽名を使って。

彼らの醜悪ぶりを確かめ、気を引き締め直す。そのためだったら、少々のお金なんて惜しいとは思わなかった。

「それは願望だよ」

檜山は軽く目を閉じて言った。

「お前は俺の本性が、悪であって欲しかっただけなんだ」

「うん……」

律子は首肯する。何だか、少し前の自分がひどく愚かに思えてきた。夢を見ていて、突然覚めたよう。

「わかるよ。自分以外のどっかに悪を押しつけてしまえば、話が簡単になるもんな。その方が楽だよ」

檜山も同じことをしていた。女性はみな、檜山を食い物にする存在だと決めつけることで、精神を安定させていたのだ。

「そうしなければ生きていられない、しんどい時ってあるよな」

美男子だろうと何だろうと、悩みや苦しみがある。誰にだって事情がある。私と同じように。

「でも、そんなことしたって前には進めないぜ。お前がただ自分の願望を満足させるために通っていたホストクラブで、商売抜きにしてお前に好感を持っていた男がいたかもしれない」

二人組の男のうち片方が微かに項垂れた。

「人を決めつけてかかると、結局人との距離が開くだけなんだよ。それで本当に大切な人との距離が離れてしまったら、後悔することになるかもしれない」

俺みたいにな。

目で伝えつつ、檜山は律子の肩を抱いた。

「なあ、思い出せよ。お前も俺も、最初は違ったはずなんだ」

「最初って、何が」

「一番初めだよ。俺はホストクラブに入ってから、いつの間にか金を稼ぎ、居場所を守ることが最大の目的になっていたけれど、でもそれは後から出てきた話なんだ。お前もそうなんじゃないのか？」

私は。

イケメンに騙されたくない。イケメンと戦いたい。

ううん、それは後から出てきた話だ。一番初めは――

「一番初めは、幸せになりたかっただけだろ」

その言葉で、じわりと涙腺が緩んだ。

「誰かと一緒にいて、幸せになりたかっただけだろ？」

そう、私は浅見先輩と幸せになりたかったんだ。

イケメンとかそういうのは関係なかった。別に高価なプレゼントが欲しかったわけでもないし、ちやほやして欲しかったわけでもなかった。ただ好きになった人と一緒に笑って、遊んで、手を繋いで歩いていきたかっただけ。

　それだけ。それだけだったのに。

「――うん」

　唇が震えた。奥歯がかちかち鳴った。自分の顔が歪んでいるのがよくわかった。視界がぼやけて、浅見先輩との楽しかった思い出が駆け抜けた。ただテストの相談をしながら歩いた通学路。苦手なピクルスを押しつけあったファストフード店。下らなくて、些細で、でも輝いていた時間。終わった恋、後味の悪い恋だとしても、思い出は消えやしない。どこにもなくさずにすむ代わりに、ずっと胸を締め付ける。

「俺もそうだよ」

　いつの間にかしゃくり上げていた私の背を、檜山が優しく撫でてくれた。

「遠回りしたけれど、また一歩一歩、前に進んでいこう。俺も今、その最中なんだ。一緒に頑張ろう」

　檜山の痛みが伝わってくるようだった。どこか一方的で、自己満足の香りのする、呟くようにこぼれ落ちた言の葉たち。それは檜山自身、自分に言い聞かせたい言葉でもあるのだろう。だからこそ、今の律子にも染みこむものがあった。

　言われてすぐに考えを変えられるほど、器用な人間じゃないけれど。少しだけ肩の力を抜いてみてもいいのかもしれない。そんなことを思った。

　ベルの音が鳴った。

「アイムホーム！　檜山君、今帰ったよ」

高らかなビブラートと共に、リズミカルな足音が近づいてくる。

「イタリアは暑かったよ、まさに猛暑というやつだ。そして人々のハートも熱かった。日本はどうかな、んん？」

バースペースの扉が開かれる。品のいいスーツ姿の紳士がにこやかに入ってくると、律子を見て一礼した。

「おお、これはこれは麗しきお嬢さん、いらっしゃい、初めまして。当クラブのオーナー、春日部誠と申します。どうして悲しげな顔をしているのですか？　檜山君、彼女にホットチョコレートを。クラッカーもあればなおよし。そうだ、とっておきのレバーペーストがあったはずだ、お嬢さん、レバーはいかが」

檜山が立ち上がって春日部と向かい合う。

「あんたって人は、割と最悪のタイミングで現われますね。今、大事な話の最中だったんですが」

「うん、檜山君、君も相変わらずかっこいいね。これ、お土産のアンチョビ」

魔法のように袖から小瓶を取り出してみせると、そっと檜山に手渡す。突然店内が騒々しくなってきた。何だかおかしくなってきて、律子は噴き出してしまう。

「人の話を聞かないのも同じだ」

「言葉より酒と歌で語ろうじゃないか。どうせまた、湿っぽい話でもしていたんだろう？

真面目は美徳だが、何事も行きすぎは良くない。その辺で切り上げて、さあ、そこの男性諸君も加わりませんか、素晴らしく美味しいディップの作り方を、このたび知人に習ってきたのですよ」

「はいはい、レティーツィアでしたっけ。ローマの文房具屋の女の子」

「いいや、ヴィットリアさ。ローマのクリーニング屋さん。一度君にも紹介しただろう？」

「そうでしたっけね。どうでもいいんですが」

「一度会った女性は覚えておかなくてはいけないよ、檜山君」

あのう、と律子も立ち上がった。

「私も以前、オーナーにお会いしているんですけれど。忘れましたか？」

「おお、なんと！」

春日部は目を丸くする。

「あなたは大変魅力的な女性だ。会う度に、初対面のような新鮮な感動を与えてくれる」

「この人は何でもこの調子だから、相手にするだけ無駄だよ」

溜め息をつきながら檜山がクラッカーと飲み物を用意し始める。ホストの新谷とその上司も、顔を見合わせては苦笑し、私たちのテーブルに近づいてきた。

こんぐらがった糸がほどけていく予感とともに、ヒペリカムの夜は更けていく。

ええ、そうですね。

檜山君に会った時のことは、良く覚えていますよ。共通の知人を通して知り合ったのです。彼女は大変優秀なビジネスウーマンでありまして、檜山君の勤めていたホストクラブの常連客でございました。いい男がいるんだけど、最近元気がないということで。話を聞いてみたら恋の悩みでしてね。当人は否定していますが、まああれは恋の悩みと言えましょう。であれば「ヒペリカム」に来るのが良いのではと思い、お誘いしたわけです。彼はまず、女性との付き合い方から見つめ直す必要がありましたから。

ハルコさん、いいえ律子さんでしたか、彼女は長らく勘違いしていましたが「ヒペリカム」はホストクラブではございません。いわゆる古い意味でのクラブ、社交場なのです。

私がこの建物の管理を任された当初は、ただご縁のあった方が集う場所として運営しておりました。しかしそのうち、私の生まれついた星によるものか、はたまた運命か、不思議と恋に悩む男女が訪れるようになりましてね。私も彼ら彼女らを応援したいものですから話相手になるうちに、次第にそういったお客さんが増えました。また、ここで働きたいという青年なども現われるに至ったわけです。これがまた美男子揃いなのですが、やはり美男子ほど恋に悩みがつきものということでしょう。新しくスタッフになる者も、卒業していく者もいました。現在では統括チーフの檜山浩一君を筆頭に、谷堂誠太君、篠田涼君、そして私オーナーの春日部誠の四人で回しております。

いつからか噂に尾ひれがつきまして、今では「恋を叶えてくれるホストクラブ」として、巷（ちまた）でまことしやかに囁かれているようでございますね。

望んだ状況ではありませんが、そういった噂を聞きつけてやってこられる方は真剣に悩んでいる方でしょう。我々も誠心誠意お相手させていただくことにしています。

律子さんも、少し恋について前向きになれたのであれば、誠に喜ばしいことでございます。

あ、料金はいただいておりません、お金儲けでやっているわけではありませんから。召し上がったお酒やお食事の代金のみ、申し受けます。ただしお客様のお望みのサービスが受けられるとは限りません。当店のスタッフもまた、それぞれに恋の悩みを抱える者。皆様とお話しする中で、己を磨き、答えを出さんと日々奮闘しているわけです。つまり立場は皆様と対等なのです。ここは社交場。誰も上でなければ、下でもありません。もてなしではなく、語らいを期待する場。お料理も、お客様の方が得意でしたら代わりに作っていただいて構いませんよ。

以上ご了承の上、ご来場くださいませ。

「ヒペリカム」は毎日午後四時から、何となく人がいなくなるまで開いております。どなたもいらっしゃらなければ、十時に閉めます。場所は地図の通りですが、入り口が少々わかりづらいのでご注意ください。門をくぐって花園の横を通り抜け、直進した先の洋館になります。あとは受付が案内いたします。花園を右に向かったところにも可愛らしい木造家屋がありますが、そこには皆様、入らないよう。

犬小屋となっております。

それでは「ヒペリカム」にて、お会いできるのを楽しみに待っております。

それにしても檜山君は、いつまで沙由紀さんのことをずるずる想っているのでしょうね。もっと自分を磨いてからでなければ彼女には会えない、とのことですが。足りないのは一歩踏み出す勇気という点では、彼も含め、みな同じということでしょうか。

まあ、なるようになるでしょう。恋は自然に進んでこそ。

さて、私はこれから行くところがありまして、そろそろ失礼させていただきます。貿易商の真似事などやっているものでしてね。もう半分引退したような身ですが、時々顔を見せないと悲しむマダムがいらっしゃる。老いてなお待ち人あり、身に余る幸福です。

皆様も楽しい人生を。ラ、ヴィタ、エ、ベッラ！

幕間

こんにちは。チャイムを鳴らしたのは君ですか。

ああ失礼、驚かせてしまいましたね。この時間は草木の手入れをしているもので、庭に出ていたのですよ。オーナーの春日部誠と申します。どうぞよろしく。

そうですね、まずは館内の案内でもしましょうか。いいえ気になさらないでください、ちょうど休憩を入れようかと思っていたところなのです。

ここが中庭です。見てください。ここ数日、麦わら帽子をかぶり、慣れないスコップなど掴んで精を入れているというのに、この様相ですよ。使用人なくしては、こんな庭はとてもじゃないけど維持できませんね。年寄り一人で世話ができるのはほんの花壇の一画ばかり。

さる財閥の当主がイギリスから建築家を呼んで造らせた第二邸宅だそうです。戦争で被災したものの復旧、しばらくは息子さんが所有していましたが、ロンドン留学で知り合った英国人のご友人に売却、今に至るというわけで。ああ、私はしがない貿易商でございますよ。とても財閥に出入りするような身上ではなく、小さめの家具や工芸品を扱う程度。

ただ、その懇意のご友人という方と、私は玉突き友達、ビリヤードですね、そういうわけで。しばらく日本に行く用事もないから適当に使ってくれと、半ば押しつけられたわけなのです。

全く、伯爵は忙しいからとおっしゃいますが、そんなわけはありません。ただ飛行機に酔うそうでね、近年もっぱらマナーハウスに引きこもってるんですよ。おかげで玉突きも随分ご無沙汰。

え？　いやいや、硬くなる必要などございません。

財閥だの伯爵だの、戦前建築だのと言えば確かに箔もつきましょうが、言ってしまえばただのボロ家ですよ。保存されて観光名所になるよりも、その時代を生きる人に住まわれ、のどかに朽ちるのが家としての幸せというもの。さあさあ、中へどうぞ。

申したとおり英国建築ですのでね、靴は履いたままで。ここが玄関ホール。クラブ開館中は、受付として使っています。こちらが客室を改装したバースペース。奥は食堂。そのまた奥が台所と倉庫。ちょっとお湯を沸かしておきましょうか。あ、そこの赤絨毯の先は伯爵の私室ですので立ち入らないように。

こちらの廊下の先に行くことはほとんどないでしょう。一応大食堂および舞踏会場、大きめの台所、配膳室、さらには食器倉庫があるんですけれどね。財閥当主どのが所持していた頃ならまだしも、今となっては使い道がありません。体育館にテーブルを置いてご飯を食べる気分を味わいたければ別ですが。

そうそう、大食堂には吹き抜けの二階があってね、階下を見下ろせるんですよ、どうしてかわかりますか。使用人が食事の進み具合を見て、次の料理に取りかかるタイミングを見極めるためです。テーブルが一望のもとですからね。

とんでもない、大真面目ですよ。かつては世界を股にかけた大英帝国、スケールが違うんですね。彼ら、ローストビーフの串を回すためだけの犬種を開発するくらいですから。

階段を上って二階に参りましょう。

洗面所とトイレ、お風呂がこちら。一応浴槽はありますが、狭いので近くの銭湯に行くのも良いでしょう。おっとそこの棚は私のハンケチーフコレクションです、バスタオルその他はこっち。

廊下に沿って並んでいる洋室を、クラブスタッフの部屋として使っています。左手側一番手前が私、春日部の部屋。その隣が檜山君の部屋。もっとも彼は集団生活が嫌いだそうで、近くに別途アパートを借りてそっちに寝泊まりしています。私室はもっぱら荷物置き場にしているとのこと。

ええと、そうだ。

谷堂誠太君でしたね。

君には右手側の手前の部屋を使って貰いましょうか。室内にはテーブル、ベッド、椅子を含む家具がありますが、不要でしたら倉庫の方へ持っていってください。ベッドシーツやブランケットも倉庫にありますので、後で一緒に取りに行きましょう。

以前お伝えしたかとは思いますが、共同生活となりますので最低限のルールがございます。何も難しいことではありません、ゴミを出す日を守るとか。交代で洗濯をするとか。二階から上の立ち入りは居住者のみに限るとか、週に一度は掃除をするとか。

そんなところですかね。

ええと……。

はい、お隣ですよね。

篠田涼君の部屋です。また、開けっぱなしで出て行った様子。これは何でしょう？　あ、毛糸であることはわかるのですが一体なぜ、こんなに散らばっているんだろう。赤、黄、白……ずいぶんありますね。ああ、マフラーを作っているのか。また何というか、変わったことを始めたなあ。ううん。中は散らかり放題。

篠田君はほんの数ヶ月前に入ってきたばかりで、今は大学生です。谷堂君とは年も近いので友達になれるかと思いますよ。ぜひ、仲良くしてあげてください。ただ、その……大変マイペースな人物なので、気をつけないと仕事を押しつけられてしまうかもしれません。はじめに家事の分担はきっちり決めておくべきでしょうね。

さて、階下に戻りましょう。そこを右に。台所の方へ。

ちょうどお湯が沸きましたね。お茶を淹れますので、そちらに座って少々お待ちください。向こうはテラスになっていますので、出てみるのはいかがでしょう。ここ数日は風が気持ちいいですよ。あっという間に、蒸し暑い日々がやってくるんでしょうけどねえ。

ああ、これはこれは。お菓子ですか。どうもお気遣いをありがとうございます。谷堂君は東北出身ですか。この最中、檜山君が好きでしたね。みんなで分けていただきましょう。

いえいえ、電話でもお伝えした通り礼金などは不要です。受け取るわけにはいきません。家賃も、はい、ありませんよ。ただクラブへの出席を当番制でお願いしているのと、物件の維持として少額ながら積立金をいただいています。電気代や水道代だとか、あるいはみんなで使う洗濯機が故障したら買い換えるとか、そういうことに使います。

はい、そうです。ゆるいもんですよ。

谷堂君は真面目なのですね。

美徳ではありますが、ここではもう少しのんびりしても構いませんよ。さあお茶が入りました。いい香りでしょう、とっておきのアールグレイです。

……。

そうですか。随分色々と悩まれたのですね。それで故郷や友達と距離を置くために、こちらに。そうですか。

窓を開けましょう。

ううん、気持ちのいい風ですね。花壇のお花の香りが、五月の空気と一緒に入ってくる。見えますか、テラスの向こう。手前のこぢんまりとした花壇こそ、先ほどお話ししました、私が手を入れている一画です。

あの、ちょこんとした小さな木。あれはヒペリカムという木でね。もう少しすると黄色いお日様の形をした花が咲くんですが、それが実に可愛らしい。花言葉は「悲しみは続かない」だそうで。私は好きなんです。

人生に悲しみがないとは言わない。存在は認めるわけですよ。その上で、しかし永遠に続く悲しみはない、というところがいい。前向きなのですね。人の理性と、希望を感じませんか。剪定してもまたぐんぐん芽を出し、育ち、太陽のような花を咲かせる。物言わぬ植物だからこそ、そのいのちの煌めきに感じ入るものがあります。

え？

ああ、あっちにもヒペリカムが生えてますね。伸び放題のぼうぼうですが。手が回らないので野生に返らせてます。それで枯れてしまったら？　仕方ないですね。この庭を全部見ていたら私が死んじゃいますから。ははは、大丈夫です。ヒペリカムは強い植物ですから。一人でもそれなりにやっていけますって。

ゆるくいきましょう。

自分にできる範囲で関わりながら。

第二章

目覚ましが鳴るきっかり三分前に、谷堂誠太は目を覚ます。

アーチ状の古めかしくも小綺麗な天井。ここにやってきて一年と半年が過ぎ、もうすっかり見慣れた光景だ。

淡い光がカーテンの隙間から差し込み、鳥が鳴いている。室内ですら息が白くなるほどの寒さだったが、えいと気合いを入れて起き上がり、その勢いのまま窓を全開にした。

さ、む、い。

鳥肌が立ち、体のあちこちから布団に戻るようにと指令が飛んできたが、谷堂はそれをはねのける。意志の力で毎日のスケジュールを貫く喜び。寝間着にしているジャージを脱ぎ捨て、新たなジャージに着替えて眼鏡をかける。洗濯物の入った籠を持ち、頭をぶつけないように長身をかがめて部屋の入り口をくぐり、一階に下りて勝手口から外に出て深呼吸。透き通った朝の空気。

さあ、今日も一日頑張るぞ。

まずは中に戻って洗濯機のスイッチを入れる。

どうせ篠田の奴、また適当な脱ぎ方をしているんだろう。

洗濯槽からパーカーを引っ張り出す。

やっぱりか。

シャツ、カーディガン、パーカーが一体になったそれを一枚ずつにばらし、ポケットにティッシュだの電子機器だの虫だの菓子だのが入っていないことを確認する。

あいつ、人を母親と勘違いしてるからな。大学生にもなってポケットにアメとか入れるか普通。

ぶつくさ言いながら漁っていると、出てきた。シャツの胸ポケットから妙な紙切れが。

何だこれは、ティッシュではないようだが。広げてみると何やら文字が書かれている。

「誠太へ。いつも洗濯ありがとう。お礼に冷蔵庫のプリン食べていいよ！　しのだ」

谷堂は頭を抱えた。

洗濯機がごうんごうんと音を立てて揺れ始める。

「アホか」

紙を握りつぶす。

「アホかあいつは！　手間増やしてないで、直接口で言えよ！」

今日も疲れる日になりそうだ。うんざりしながら洗剤を放り込むと、イヤホンを耳にかけて軽く準備体操を行い、谷堂は早朝のジョギングに出かけた。

軽く三キロほどジョグして帰ってくると、ちょうど洗濯が終わっていた。かつてのバラ園の跡だという、鉄製の柵に巡らせた物干し竿に手際よく干していく。それが終わったら今度は朝食だ。簡単にサラダと味噌汁などこしらえ、アジの干物を火にかける。それから燃えるゴミをまとめてゴミ出しに。戻ってくると、食堂に人影があった。

「おはよう誠太」

　やや茶色がかった色の、細くてくるくるカールした髪。寝癖だらけの篠田涼がこちらを振り向いた。谷堂はしばらく絶句する。

「おはよう。珍しいな、自分から起きてくるなんて。もうすぐ朝ご飯ができるぞ」

「あはは。僕だってたまにはちゃんとするんだよ」

　にこやかに笑う篠田。色が白く、中性的な可愛らしい風貌だが、瞼には皺がよって目は血走っている。

「嘘つけ。お前、また徹夜したんだろう」

「あれ。ばれた？」

「今度は何だ。象が巻けるマフラーか、十年前のゲームのハイスコア更新か、蝶のさなぎの観察か」

「プラモデルだよ」

　篠田はひょいと傍らから小さな戦車を取り出した。

「こいつを改造するんだ。ピンクと黄色の水玉模様に塗装して、飛行機の翼を生やす。極めつけにロボットの手足を合計十七本ほど取り付けて、わけがわからない物体に仕上げるのさ」

「わけがわからないのはお前だよ。とにかく、大学にはちゃんと行けよ」

「んー、そのつもりで下りてきたんだけどね」

ふわあと大あくび。

「眠くなってきたし、もう今日は寝ちゃおうかな」

「おい、ちょっと待て。お前が今食ってるそれ……」

「ん？　ああ、これはプリンという食べ物だけど……」

「もしかして最後の一個じゃないのか」

「うん……いや、誠太にあげるつもりだったんだよ。昨日までは。ただ、朝になったらお腹が減って、なんか甘いものが欲しくて、まあまた買えばいいかなって……」

「そうか……」

いちいちショックを受けるようなことではない。篠田という男は、こういう奴なのだ。別に悪気があってやっているわけでもないらしい。

「誠太、今、食べたかった？　ごめんね」

「いや、そうでもない。いいから朝飯食え」

「ありがとう、大丈夫。プリン食べたらお腹いっぱいになっちゃった。もう寝るよ」

ただ、この気まぐれさにはどうにも我慢ならない時がある。

お前なあ。人がわざわざ早起きして作ってやったって言うのに、菓子しか食わないとはどういう了見だよ。味噌汁の香りが飛ばないようにちょうど良く仕上げて、お前の嫌いなキノコを除いて……朝飯を作るだけでも色々と考えるんだぞ。だいたい最初、家事は分担という話だったよな。お前はだらけてばっかりで、ほとんど俺がやってるじゃないか。

　喉元まで上ってきた言葉をぐっとこらえ、頷く。

「じゃあ、冷蔵庫に入れとくから後で食えよ」

「うん、ありがとう」

　強く出られない自分が悔しい。

「それから大学、遅くても三限からは行けよ。水曜はゼミだったろ」

「そうだっけ。わかった、それまでには起きるよ。じゃあ、お休みー」

　溜め息をつく谷堂に背を向け、篠田がプラモデルの塗料らしき欠片(かけら)をぽろぽろ落としながら出て行く。入れ違いに、檜山がのそっと食堂に現われた。

「なあ、なんであいつが忘れてる時間割を、お前が覚えてんだよ。相変わらず凸凹(でこぼこ)コンビだな」

「うわ、酒くさっ。檜山さん、どうしたんです。昨日はヒペリカムに泊まったんですか」

「まあな。飯ある？　なけりゃ牛丼屋に行くが」

「ちょうどできたところです。昨日はクラブ当番でしたか」

「ああ」

　皺だらけになったスーツ、そして汗まみれのシャツをつまみ、檜山が頭をかく。

「くそ、二日酔いだ。あいつが相手だとなぜか飲み過ぎてしまう」

「例の、ファッションブランドの社長さんでしたっけ」

「毎回恋愛相談が果てしなく続くんだよ。一度ふっきれると、女ってのは凄いな。ずーっと彼氏の話だ」

「無理しないでくださいよ。シャツ、洗濯するなら預かりますが」

谷堂はご飯を盛り、味噌汁をよそい、てきぱきと配膳する。檜山は鷹揚に拒否した。

「自分で洗濯しますか」

「新しいの買うからいい」

どっかと椅子に座り、水をぐいと呷る檜山。

「洗えば綺麗になるのに、もったいないじゃないですか」

「干して畳んで、面倒くさい。買った方が楽だろ？　俺はホスト時代、一度も洗濯なんかしなかったぞ。その分稼ぐ方が早い」

ナンバーワンホストは金銭感覚が違う。あるいは、しつけがなってない。

「俺がやると言ってるんだから、黙って従ってください。地球環境のことも考えるべきでしょう」

谷堂は半ばキレつつ、強引にシャツを脱がせて奪い取った。半裸にされた檜山は不満げに身を震わせつつ、味噌汁をすすっていたが、やがて口を開いた。

「お前さ。感謝しろとか考えんなよ」

「はい？」

水を張ったたらいにシャツを入れたところで、手が止まる。

「だから、家事を引き受けてるからもっと感謝されるべきだとか、考えんなって話。俺は買うからいいと言った。それでも洗うのは、お前の勝手。見返りを望むのは筋が通らない、そうだろ」

何だよその言い方。

そう思ったが、淡々とした語り口には妙な説得力があった。

「篠田のこともそうだ。お前は世話を焼いてるつもりかもしれないが、行きすぎると互いに苦しくなるぞ。無理すんなよ」

ぱくぱくと米を口に運ぶ檜山。しばらくその様を見つめてから、谷堂は言った。

「別にそんなんじゃないですよ」

あっという間に皿からは食べ物がなくなっていく。

「ただ俺は、だらしないのが嫌いなだけです」

「ああ、それならいいんだけどな」

猛烈な勢いで食事を終えると、檜山は軽く頭を下げた。

「ご馳走様。美味(うま)かったよ」

何だよ、この感じ。どうして俺が一番真面目に働いているのに、こんな思いをしなきゃならないんだ？

洗い場に食器を下げてから、檜山が振り返った。

「あ、そうだ。谷堂」

「何ですか」

「昨日、新規の客が来てさ。対応しきれないからいったん帰って貰ったんだ。これ、お前が担当してくれるか」

　突き出されたメモ帳には電話番号。

「三十歳の男性で、好きな女の子がいるんだって。適当に連絡取って、相談乗ってやってくれ」

　受け取ってから眼鏡の位置を直し、谷堂は檜山を見返す。

「わかりました。けど、どうして俺が」

「篠田に聞いたら、今は男と会う気分じゃないんでって言っててな。それに真面目そうな客だったから、お前の方が相性がいいと思う。今、担当客いないだろ？」

「はあ、そうですけど。それは篠田も同じですよ」

「じゃあ、頼むわ。この次の客は篠田にやらせるからさ」

　いつもこうして俺が割りを食うのだ。

「わかりました」

　でも、断ることができない。メモを折りたたんで手帳に挟む。つくづく馬鹿正直な自分が嫌になる。

「よろしくな」

寒さに耐えきれなかったのか、大きなくしゃみを一つしてから檜山は二階へと上がっていった。谷堂は一人食堂に残り、自分も食事を済ませてから食器を洗う。後片付けが終わる頃にはもう七時半だ。予定通り朝の家事が終わったことに谷堂はひそかな満足感を覚えると、スーツに着替え、きちんと頭をセットして、会社へと出かけた。

＊

シュールで奇怪で、でもあと一歩カオスまで行き着かない夢が終わった。寝たような寝られなかったような。篠田涼は頭をぼりぼりかきながら起き上がる。とっくに午後二時で、大学には間に合わない。外はいい天気だ。

朝と違って、ちょっと大学行きたい気分なんだけどな。まあ仕方ないか。今日はそういう運命だったってこと。

机の上には昨日途中まで塗装したプラモデルと、ほぼ完璧に仕上げたゼミの予習ノートが広げられている。それらを頓着なく片付けると、篠田はパジャマのまま一階に下りた。

「小春日和かあ」

この冬が終わればあっという間に春が来て、篠田も三年生になる。就職活動をするにせよ、実家に戻って家業を継ぐにせよ、そろそろ将来のことを考えねばならない。

いっそ留年したいな。

庭の洗濯物はすっかり乾いていた。いくつか適当に物干し竿から引っぺがし、身につける。

食堂に行っても、テラスに出ても、誰もいなかった。春日部はまた何かの用事で出かけているのだろう。檜山はクラブが開くまではどこかで時間を潰していることが多い。谷堂は日中は会社づとめだから、篠田だけが暇人だ。

広大な邸宅には冬の日光が静かに差し込んでいる。整備の行き渡っていない庭、使われていないたくさんの部屋。まるで外国の廃墟(はいきょ)に迷い込んでしまったみたいだ。篠田は特に意味もなく、安価なシャボン玉セットを出してきてぽわぽわと吹く。虹色の球がそよ風に乗り、テラスから庭を横切って門の向こうへと流れていった。

「あーっ。人、いるじゃーんっ」

女性の声に身を乗り出す。

「どもーっす。今日、やってますかー?」

裏門の前で、真っ白なコートに赤いスカーフ、そしてサングラスと帽子をかぶった女性がぴょんぴょん跳ねている。かなり上背があったが、それは高めのハイヒールのせいもあるだろう。

「芸能人みたいなお姉さん、どうしたの?」

「ちょっと、ちょっと!」

女性は慌てて指を唇に当ててみせると、思わせぶりに篠田にウインクした。

「みたいな、じゃなくてそのものなの。気をつけてよ。誰が聞いてるかわかんないでしょお。せっかく人目を避けてわざわざ裏に回ったっていうのに」

「……はあ」

「はあ、じゃなくてさ。何そこでぼーっとしてんのよ。シャボン玉で遊んでる暇があったら、お客さんを案内してよ、ね」

「まあ、いいけど」

ちょうど話相手が欲しかったところでもある。篠田は裏門にまで下りていくと、女性を敷地内へと招き入れた。


「そんでさ、最近すっごい悩んじゃって。私としたことが夜もモヤモヤしちゃうくらいなの。信じられる？　五秒でパッタリ、朝まで快眠の私がよ。こんなのジャーマネにも相談できないしい、ていうか絶対無視される。既読スルーされる。よく会うヘアメイクさんに話したら、恋愛相談ならココがいいらしいって言われてえ」

大仰な身振り手振りを加えながら、女性は話し続ける。胸でぷっくり膨らんだオフショルダーの赤セーターが揺れた。

「つまり『ヒペリカム』のお客さんなのね」

「だからそう言ったでしょお。しっかりしてよ、君」

「それなら残念だけど、まだ開店時間前なんだ。四時からだから」

「うえっ！　そうなの？」

「待てるんだったら、待っててもいいよ。お茶くらいは出すから。一緒に格ゲーしようか。もしくはプラモ作る？」

「ちょ、ちょっと君。そんなにお茶っ葉入れて大丈夫なの」

篠田ははたと手を止める。

「ダメなの」

「絶対入れすぎだって。ちょっと貸してみなさいよ」

ひょいと急須をひったくられる。女性は茶葉を篠田の半分くらいの量にすると、手際よく緑茶を淹れ始めた。

「へえ、慣れてるんだ」

「家でしょっちゅうやらされてたからね、女の仕事だって。君こそ、お茶も淹れたことないの」

「男がやることじゃないって言われてたからね。飲むのは好きだよ」

ふーん。

「古い家だね」

二人の声が揃う。くすっと笑ってから、女性が聞いた。

「で、君ほんとに私のこと知らないの？　赤松カナデって言ったらそこそこ活躍してるグラビアアイドルなんだけど」

「そういうの、あんまり興味ないもん。写真週刊誌に載ってるの」

「そうね。たまに」

「表紙にどーんと？」

「……どちらかと言えば特集ページとか」

「特集？　ああ、これから来るグラドル二十人集合、みたいな」

次第に赤松の歯切れは悪くなっていく。

「うん。まあ……そういう感じ」

篠田は笑った。

「何だ。どうりで見たことないと思った」

「ふん。これから人気になって、有名になるんだから」

ほら、飲めば。赤松は篠田の前に湯呑みをどんと突きつける。

「ごめんごめん」

確かに赤松は華やかな顔立ちでスタイルも良い。ただそれは一般人と比べての話。テレビのアイドルの前では埋もれてしまうんじゃないかな。篠田は内心そう思いつつ、取り繕った。

「厳しい世界で頑張ってて、凄いな」

「そうでしょう。私、凄いでしょう。俊文君なんか全然わかってくれないんだ」

「俊文君？」

「うちのお父さん。娘に全く理解を示さないんだから、って、そんな話をしに来たんじゃないの」

　赤松はぱん、と両手を合わせてから身を乗り出した。

「ずばり、男ってどうやって落とせばいいの。聞きたいことはそれにつきる」

「は、はあ？」

「わかる、言いたいことはわかる」

　篠田が何も言わないうちに、赤松は勝手にべらべら話し続ける。

「私がちょっと胸元開けてこう、ぐいっと迫ればイチコロだって言うんでしょ。わかる。っていうか実際、それで全部うまくいってきたの。どこぞのお偉いさんだって、イケメン俳優だって、真面目そうな妻子持ちの男だって、まず間違いなかった。こう見えて私、寝たいと思った男と寝られなかったことってないわけ」

　ずずず、とお茶をすすりながら篠田は相手を観察する。笑ったり怒ったり、実際に胸元を開いてみせたりしながら赤松は続けた。

「でも、彼には全然効き目がないみたいなの」

「ゲイなんじゃ」

　ぼそっと篠田が呟くと、赤松はばっと顔を上げた。

「そう思うよね。違うの。ちんこは立ってるの。大きめだったからズボン越しでもはっきりわかった」

　ぶふっとお茶を噴き出しかけてこらえる。

「でも、手を出してこないんだよ。まずはお互いのことをもっとよく知ろうとか言うの」

「そんな台詞(せりふ)、本当に使う人いるんだ。それもちんこ立ったまま」

赤松は大きく頷いた。

「でしょ？　わけわかんないじゃん。女がいいと言ってるんだから、とりあえず抱けばよくない？　何も抱いたら責任取れとかそういう話じゃないんだから」

「まあね。まずは体の相性を知ってから付き合うってのは理に適(かな)ってるよね」

「でしょでしょ！　君は話がわかる。とにかく私は彼ともっと近づきたいのよ。欲があるってのは否定しない、私は性欲強め、それは事実。でも距離感を縮めるにはまず肌をくっつけちゃえってのもあるじゃん。百の言葉よりも一回の挿入の方が勝るってことあるじゃん。ちんこインとはいかずとも、せめてパイを揉めって思う」

「ビッチの発想だなあ」

篠田は呆れつつも頷く。

「何さ、悪い？」

「ううん。僕も同意見だよ。そういう感情に身を任すのも大切」

「……へー」

赤松はしげしげと篠田を眺めた。

「幼い感じだと思ってたけど。君、もしかして結構遊んでる？」

篠田は微笑む。

「どうかな。そこそこモテるのは事実だけど」

「思わせぶりに言うねえ」

「世の中ってさ、変に性的なことをタブーにしたがるよね。でも基本的に人はセックスしたから生まれてきてるわけじゃない。どのお父さんも、お母さんも、セックスしてるわけじゃない」

「そうだよね」

「みんなセックスの申し子なんだよ。当たり前にみんながやっていることに引け目を感じる必要はないんじゃないかな。少なくとも、互いに同意の上ならどんどんすればいいと思う、それが僕の意見」

「でっしょー！　その点俊文君なんて、頭が固すぎて話にならないんだから」

我が意を得たりとばかり手を叩いた赤松だったが、すぐにはっと我に返る。

「まあ、そこはいいんだ。どっちが正論なのかはどうでもよくて、とにかく私は彼とステディな仲になりたいの」

「ちょくちょく変な言い回しを使うね」

「でも私は、あまりにもビッチ流に慣れすぎてしまった……」

赤松は俯き、己の手を見る。わなわなと揺れる掌をじっと。

「色仕掛けが通用しない相手とどう距離を詰めたらいいのか、もうわかんないのよ。わかんなすぎて。絶望なの！」

ばたんと机に突っ伏すと、赤松はぴくぴく震える。セーターから小麦色の肌が覗き、真っ赤なブラジャーのストラップがたわんでいる。

何だか面白い人だなあ。

篠田はそのストラップをつまんで引っ張る。ぱっと離し、またつまむ。何回目かで「やめれ」と言われるまで、それを続けた。

*

「では、お先に失礼します」

五時〇分〇秒きっかりに、谷堂はそう言って立ち上がった。デスクに向かっている社員たちがぎょっと目を剥く。

「いやあ谷堂君、凄いねえ」

苦笑しつつ声をかけてきたのは直属の上司だ。

「何がですか」

「だってほら、パソコンまで五時ぴったりにシャットダウンさせて。まるで計ったようじゃないか」

「？　計ってましたが。それに、今日は用事があるので残業はできないとお伝えしましたよね」

正面からはきはきと答える谷堂に、上司の方がたじたじする。

「あ、いや、わかってる。別に嫌味のつもりじゃないんだ。ただ、君らしくて面白いなあと思ってさ。何？　彼女でもできたの」

「部長。そういうのセクハラになりますよ」

「え、ええ？」

「自分は気にしません。が、他の社員には禁物です、当然男性でも。法務から注意喚起のメールが回っているので、目を通すことをお勧めしますよ。では」

さっと頭を下げ、背筋を伸ばして谷堂はオフィスを出る。同僚の一人が「相変わらず、かってえなあ」とぼやくのが聞こえた。

何を言う。俺に言わせれば、みんなが柔らか過ぎる。こないだも定例会で残業を減らそうと意見が一致したばかりなのに、何を漫然とやっているのか。時間の意識がなさすぎだ。だらだら生きて、何の意味があるのか。

ふんと鼻息を吹いてエントランスロビーに出ると、腕時計を確認する。よし、予定通りの電車に乗れそうだ。待ち合わせ場所には十分前に着く。谷堂は一定のリズムを保ち、歩き続けた。

「『ヒペリカム』の谷堂と申します」

「フリーカメラマンの八坂昇です」

会社の打ち合わせと変わらない淀(よど)みなさで名刺を交換すると、谷堂は喫茶店の椅子に腰掛けた。八坂は最後に握手を求めたようだったが、谷堂はタイミングを逃してしまう。互いに苦笑しつつ、テーブルを挟んで向かい合った。

「お店に行かなくても相談には乗ってくれるんですね」

檜山が言っていたとおり、八坂は真面目そうな印象の男だった。背丈は谷堂より頭一つ分ほど低いが、体格は良くがっしりとした固太り。襟付きの黒シャツとグレーのスラックス、さび付いたバックルのついた茶色いベルト。黒いスニーカーを履き、持ち物は小さい肩掛けの革鞄だけ、身軽な格好だ。

谷堂は頷く。

「担当が決まってからの進め方は、任されてるんです。今回はご希望の場所が私の会社から近かったので、ここに」

「あ、お勤めされてるんですね」

「はい。とある会社で経理を担当しています。『ヒペリカムのスタッフ』は収入にはなりませんので」

コーヒーカップを持ったまま、八坂は微笑んだ。

「ちゃんとした方で、安心しました。正直恋愛相談に乗ってくれるクラブがあるとカメラ仲間から聞いた時には、怪しい情報に思えたもので」

失礼いたしましたと頭をかく。そんな正直なところも、谷堂は好感を持った。

「精一杯頑張らせていただきます。ところで、今回はどのようなご相談でしょうか」

「ええ……まあ」

八坂はあたりを見回した。この時間の喫茶店に人はさほど多くない。それでも気になるのか、声のトーンを落として続ける。

「あのですね。お恥ずかしい話なのですが。僕は今年三十です。この年で童貞ってどう思います？」

意外な話題に一瞬驚いたが、ほとんど表情も崩さずに谷堂は返す。

「普通のことじゃないですか」

「そ、そうですかね」

「晩婚化が叫ばれて久しい昨今、当然のことだと思いますけれど。それがどうかしましたか」

「ええと。つまり、谷堂さんは結婚する相手としか性行為はしない、純潔を守るべきという考えですか」

「ううん、そこまではっきり考えがあるわけではありません。ただ、本当に好きな人としか肉体関係に発展しないのが普通でしょう。それは結婚するような相手でしょうし、人生においてさほど多くの機会があるとも思えないというだけです」

「童貞は恥ずかしいこと、早く卒業しろっていう人もいますけど」

「放っておけばいいんじゃないですか？　むしろ経験人数が多いということはいつまでも本命に出会えないままというわけで、私はそっちの方が恥ずかしいような気がします」

「なるほど。そうですよね。良かった」

　ほっと息をついて八坂はコーヒーをすすった。

「僕もそう思います。童貞であることにちょっとした引け目みたいなものはありましたけど、まあしょうがないし、無理して経験するものでもないかな、と思ってました。そもそも自分は女にモテないタイプですから。こいつが嫁だと割り切ってたんです」

　革鞄をそっと掲げる。中には大きくて無骨なカメラが、大切そうに収められていた。

「写真は長くやられてるんですか」

「長くというか、ずっと写真漬けですね。小学生でカメラを買うために貯金を始めて。中学生になる少し前くらいに買いまして。部活は写真部、専門学校もそういうところを出て。これまで写真以外、何をやってたかと言われるとよく思い出せないくらいです」

　控えめに笑う八坂を見て、谷堂は思わず頷いてしまった。

「その感覚、わかります」

「あ、谷堂さんもですか？」

「はい。私の場合は体操なんですけれど。体操競技ですね」

　へえ、と八坂が目を見開いた。

「じゃあ今も、社会人として選手をされてらっしゃる」

「いえ、それが……もう辞めたんです。もともと才能もなかったんですよ。ただ努力だけはしていたので、そこそこやれていたんですが」

聞かれるより前に言っておこう。谷堂は告白する。

「練習しすぎて、故障してしまって」

言葉に呼応するように、足首の古傷がちくりと震えた。

「今は一から人生勉強をし直している感じなんです。だからヒペリカムにも入ったという形です」

八坂はうんうんと頷いてくれた。

「打ち込んでいたものを取り上げられると、明日から何をしたらいいかわからなくなりますよね。僕も昔、目の病気にかかって。カメラを断念すべきだと言われて」

「そうだったんですか」

「ちょっと色覚に異常が残っちゃったんですよ。続けても大成は難しいってね、専門学校の先生に言われたんです。あのときは悩みましたね。諦めて一般企業に就職するか、意地でもこの道で行くか……まあ、結局はこうして細々とやってるわけですが」

「割り切れたら楽なんでしょうけどね」

「割り切れませんよね」

二人は苦笑いした。

気が合うな。これは是が非でも、彼には幸せになってもらいたい。篠田に任せなくて良かった。

谷堂は頷いてから、八坂に水を向ける。

「すみません、話の腰を折ってしまいました。ええとそれで、どんなご相談でしたっけ」

いえいえ、と八坂は軽く礼をする。そして童貞を告白したときよりもさらに恐縮そうに切り出した。

「それが、こないだ女性に告白されまして」

「おお、おめでとうございます」

「その相手が……前から知っていた女性なんですが。業界でも有名な、何でしょう。経験豊富というか」

「経験というのは写真の？」

「つまりですね。あんまりいい言葉じゃありませんけど、要するにヤリマンなんです」

八坂は背丈の割に大きな掌で、一本ずつ指を折っていく。

「水着モデルとかやってる子なんですけどね。芸能関係者に編集者、カメラマンもそうだし、マネージャーに、その他の男性……とにかくもう、あちこち穴兄弟だらけというか、まあそういう子で。耳に入ってくるんですよ、そういう話がたくさん」

「凄いですね」

「だからちょっと、僕とは違う世界の人だと思ってたんですが。でも、告白されたんです。こんな僕を好きになってくれるなんて、やっぱり嬉しいじゃないですか。真剣に交際を考えるようになったんです」

思わず「そんな人、やめておいた方がいいんじゃないですか」と口走りかけたが、飲み込む。

「でも、そこでわかんなくなっちゃったんですよね」

途方に暮れたように八坂は溜め息をついた。

「何がですか」

「付き合うってどういうことなのか、です」


付き合うとはなんぞや。

改めて考えてみると難しい。この言葉の中には何やら色々なことが曖昧、かついっしょくたに混ぜ込まれ、まかり通っているような気がする。谷堂は結局その場で答えを出せず、帰り道でずっと頭をひねり続けるはめになった。

ヒペリカムの扉を開く。「戻りました」と呟いた声が、下品な笑い声でかき消された。

「要するに突き合うってことでしょ！　ちんこで！」

おっさんのような文句だが、声は女性のものだった。何事かとバースペースをのぞき見ると、中央のテーブルに大量の空き瓶が並べられている。

「付き合うとか恋人になるとかって、要するにセックス解禁の免罪符でしょ。だからセックスすれば恋人同士なのは当たり前じゃんか。セックスしてくれないってのは、付き合いたくないってことになるじゃんかあ。抱いてくれよう、ちくしょう」

ゆるめの赤セーターからだらしなく肩を出し、顔を真っ赤にした女性がくだを巻いている。相手をしているのは篠田だった。

「実際、性欲が占めてる部分は大きいよね。じゃあ、浮気の定義はどうなんの」

「定義って何さ」

「セックスすれば恋人なら、浮気相手はみんな恋人になっちゃうんだけど」

「何言ってんの、そんなわけないでしょ。同時に何本も穴に入ると思ってるわけ？　一度に入ってるのは一本！　その相手が常にその時点での本命。たとえ五分後に違う男とやったとしても、ずっと浮気じゃなくて本気なの」

篠田が手を叩いて大笑いした。随分盛り上がっている。

「うちの父に聞かせたらひっくり返るだろうなあ」

「言っとくけどね。他のビッチと違って、私は誰にでも股開くわけじゃないからね。ただ、この人になら開いてもいいと思ってから、開くまでは早いの。これは判断力があるからできること」

「盗塁のコツみたいに言われてもね」

どうやら客の相手をしているらしいが、二人して悪酔いしているようにしか思えない。

谷堂は眉をひそめると、さっさと二階に上がった。

自分の部屋に入って鞄を置き、着替えるのも後回しにしてノートを開く。真っ白な空間にボールペンで「突き合う」と書いた。大真面目な顔でしばらく見つめたあと、はっと気がついてページを破り取り、改めて「付き合う」と書き直す。

くそ。篠田たちのせいで邪念が入った。

それから少しずつ、余白に思いついたことを書き加えていった。
・相手のことを、互いに知りたいと思う。
・特別な関係になる（恋人のイベントを過ごすとか？）。
・贈り物をする。手紙を書く。
・相手を独占する。独占されることを誓う。
・嬉しい時に一緒に笑い、辛い時に一緒に泣く。
・友達や家族に紹介する。公認の関係になる。
「うーん」

頭を抱えて唸る。間違ってはいないはずだが、どこか表面的な言葉ばかりだ。付き合うとはもっとこう、崇高な関係だと思うのだが。八坂の言葉が思い出される。

「うまくやれる自信がないんですよ」

彼は頭をかきながら、何度もそう繰り返していた。

「それは、童貞だから……ということですかね」

「まあ、それもありますね。僕なんかよりずっと女性の扱い方を知っている男たちと、付き合ってきた人ですから。いざそういう展開になった時にはきっと萎縮してしまうでしょう。下手くそだと思われたらどうしようとか、何でしょうね、コンドームの着け方がたどたどしくて笑われないかとか。はは、情けないですね」

そんなことないですよ、と言おうとしたが、さらに八坂は続けた。

「でも、それだけじゃないんです。何だろう、付き合うということ自体、うまくやれる気がしないんです」

僕が知識に自信があるのはこれだけ、と八坂はカメラを撫でる。

「それも知識だけ。写真で大きな賞を取ったわけでもないし、写真集が売れているわけでもない。雑誌に必要な写真を撮ることはできるけど、そんなカメラマンは他にいくらでもいます。あるのは野心だけで、結果は何も出ていない。そんな僕が女性とどう向き合ったらいいんですかね。素敵なデートスポットも知らないし、美味しいレストランも知らない。宝石をプレゼントするお金もないし、そもそも女性がどんなものを好むのかも全くわからない。付き合って、僕は何をしてあげたらいいのか。何をすれば、付き合うということができるのか、わからないんです」

「でも、相手は八坂さんが好きなんでしょう」

「まあ、そう言ってくれましたね」

「ならそのままの八坂さんでいればいいんじゃないですか」

「うーん……そのままの僕か」

コーヒーの黒い水面(みなも)を見つめ、八坂はどこか寂しそうに笑っていた。

「そのままの僕は、女性の相手なんかしなそうなんですね。興味がないわけじゃないけど。何だか今は、カメラを持っている自分しか、想像できなくて」

カメラのダイヤルだのスイッチだのをいじりながら、ぼそりと八坂は呟いた。

「どうして、僕なんでしょうね」

自惚（うぬぼ）れや謙遜ではなく、本当に困り果てているあの顔が、はっきりと目に焼き付いている。

谷堂はボールペンを机に置き、腕組みして思考に浸った。きちんと整理された自室の本棚を呆然と眺める。

要するに、彼は自分に自信がないわけだ。

しかし谷堂は彼を好ましく思った。確かに女慣れはしていないが、そこがいいのではないか。誠実だし、正直だし、真面目である。本人だけが頑（かたく）なに己の魅力を認めていない。

じゃあ、自信を持たせてやればいいのではないか。自信を持たせるには、どうすれば。

額から変な汗が出てきた時、ふと本棚の一角に焦点が合った。そこには様々な体操の本が並べられている。マニュアルやルールブックはもちろん、トレーニング方法の解説書やメンタルを鍛えるための本まで。

なるほど、そうか。

ぱんと拳を叩いて谷堂は立ち上がった。

自信を手に入れるには、鍛錬あるのみ。それはスポーツも恋愛も、同じではないか。八坂に必要なのは準備だ。だとすれば……。

その時、階下からまたも大きな声が響き渡った。

「必要なのはエロの追求だよ！」

これは篠田の声らしい。あいつは一体何を話してるんだ。谷堂は思わず耳をすませた。

「ちょっとシノちゃん、エロを追求って何さあ」

「だーから、脱ぐだけがエロじゃないってこと。確かに君は魅力的な肉体の持ち主だよ。だけど、それを見せつけること即ちエロとは限らない。相手によるんだよ。隠した方がいいかもしれない。特定の服を身につけるべきかもしれない。メイド服かもしれないし、ラバースーツかもしれないし、もしかしたら全面緑の苔に覆われているべきかもしれない」

「モンスター映画じゃん」

「エロは深遠なんだって、そういうのに興奮する人もいるんだって。そこに着目しなかったのは、ただ脱ぐだけで簡単に男を釣ってきた君の怠慢じゃないかな。まずは彼がどういうフェチシズムの持ち主なのか、それとなく確認しなきゃ。それを踏まえて適切に迫らないと、そもそも性的アピールとして機能しない」

「なるほど。私の『好き！　抱いて！』が伝わってなかったと」

「緑の苔フェチの人に緑の苔まみれで迫るから、好き！　抱いて！　になるんだ。逆に緑の苔フェチじゃない人に緑の苔まみれで迫ったらどうなると思う？」

「モンスター映画になる」

「いきなりモンスター映画が上映されたらどう思う」

「えっと、ちょっと待ってってなる」

「それが今の状況なんじゃないの。まずはお互いのことをもっとよく知ろうって言われたんだよね」

　はっと息を呑む音。

「待って。誰か私に教えて。緑の苔は……どこで手に入るの……？　ホームセンター？　ペットショップ？　はたまた河川敷？」

「落ち着くんだ、まだ相手が緑の苔フェチと決まったわけじゃない。とにかく相手の性的嗜好を知ろう。その上で完全悩殺の態勢を整えて、一気に既成事実成立まで攻め落とすんだ。次に会うのはいつなの」

「一応、週末にデートの約束してるけど」

「よし。それまでに作戦を練ろう」

　あいつら、何を考えてるんだ。

　聞いているうちに頭痛がしてきた。谷堂は目を閉じ、目と目の間をつまんで椅子に深く腰掛け、溜め息を吐く。

　ただの猥談ならまだしも、どうやら恋人の攻略法として真剣に考えているつもりらしい。全く、ふざけている。付き合うということの責任も、本質も無視して、ただ欲望ばかり追いかけている。動物と同じじゃないか。

　俺の依頼人と比べて、何といい加減なことだろう。

　まあいい。

　谷堂は棚からいくつか本を出して、机に積む。それからノートを開き、今度は「八坂氏事前準備項目」とタイトルづけ、考えを書きとめ始めた。

篠田は篠田。俺は俺。あいつのことなど気にせず、自分の仕事をきっちりやればいい。

＊

露出は最低限。色彩は地味め。ルーズな感じのトレーナーにフリースのズボン。

いつもに比べたら部屋着の延長みたいなファッションだけど、大丈夫だろうか。赤松奏は後ろで待っている人がいるにもかかわらず、駅の化粧室で己の容姿を再三チェックする。化粧も思い切りナチュラルに寄せた。一応赤い伊達眼鏡とシルバーネックレスで飾り付けてみたものの、野暮ったさは否めない。

今からでも肩なりへそなり出した方がいいんじゃないか。マルイに向かって駆け出したくなったが、アドバイスを思い出してぐっとこらえる。

「ヒペリカム」の篠田涼はこう言っていた。

「とりあえず隠そう。肌を見せないのはもちろん、あえてだぼっとした服で体のラインをぼかす。これまでにやらなかったパターンを試すんだ」

「はあ？　そんな格好で彼の前に出られないよ」

「その瞬間は印象が悪いかもしれない、でもこれは伏線なんだよ。後で脱ぐ場合、だぼっとした服は逆にエロいはずなんだ」

「逆にエロい」

「そういう少し遠回りな文脈の方が、彼には刺さるかもしれない。エロとは必ずしもエロにあらず。エロくないことがエロになり得る」

「逆にエロい……」

「野球と同じさ。対角線上に投げ分けて、バッターを揺さぶるんだ。そしてこっちのペースに持ち込む」

「あー、何となくわかるかも。ギャップを見せて、緊張させて、酒を飲ませて判断力失わせて」

「うん、だいたいそんな感じのアレでうまいことホイッと。できる。あんたならできる」

「ホイッとね」

適当やな。

だけどやっぱり、背を押して貰えると勇気づけられる。相談して良かった。色仕掛けが効かなかった時点で、ちょっと自信なくしちゃってたんだよね。私らしくもない。

これでいいんだ。私は今、逆にエロいのだから。

逆にエロい、逆にエロい、逆にエロい。

呪文のように呟き、自分を鼓舞して待つ。上野駅の中央改札前は待ち合わせの人で溢れている。可愛い女の子がちょっとそわそわしながら携帯電話を眺めている。男の子が髪をつまんだり離したりしている。電車のベルが鳴り、人の波が一つ訪れるごとに何組かが落ち合い、笑いながら歩き去って行く。冗談っぽく小突きながら甘えてみせる彼女を、彼氏がにやにやして撫でていた。

　赤松はふと、後ろ向きな感情に襲われた。

　私は彼と、あんな風に打ち解けられるだろうか。二人の未来にああいう光景は待っているだろうか。

　なぜか視界が暗く歪んで、赤松は俯いた。

　どうしてこんなことを考えてしまうのだろう。好きな男性とデートの約束をして、あとほんの数分後には会うというのに。別に嫌いと言われたわけでもない、相談に乗ってくれる人だっている、ことさら不安になる理由なんて一つもない。

　こんなのおかしいな。いつだって緊張するのは男の方で、寝るか寝ないか、決める自由は私にあるはずだったのに。

「ごめんなさい、お待たせしました」

　声をかけられ、はっと顔を上げる。八坂昇がいつものように少し遠慮がちに手を挙げていた。

　ほっとする声、安心する顔。何も意識せずとも自然に声が出た。

「ううん、全然待ってないよ」

　そして相手の全身を見て、瞬きする。

「どうしたのそのかっこ」

「ああ……ちょっと、その」

八坂は自分でもしっくりきていないのだろう。硬い動きで頭をかいた。

「デートには、こういう格好の方がいいかなと思いまして」

小綺麗なジャケットとパンツ。そこそこのブランド物だろう。きちんとノリのされたワイシャツを第一ボタンまできちんとしめ、ネクタイを巻いている。靴は黒光りする先の尖ったエナメル。ヘアワックスとオーデコロンまでつけている。

「変ですかね」

赤松は首を横に振った。

「ううん。素敵だよ。でも、ジャケットのボタンは全部留めなくていいんじゃないかな」

「あ、そうですよね。上一つは開けるんですよね。わかってたんですが、その、忘れてました」

「別に開けなきゃいけないわけじゃないけど。窮屈そうだから」

「確かに苦しいです。ありがとうございます、はい」

慌てて八坂が一番上を外すと、勢い余って全部が外れた。笑顔は引きつり額には汗が噴き出し、八坂は慌ててハンカチで拭う。

そんなに無理しなくてもいいのに。赤松は八坂を黙って見つめる。ファッション雑誌の特集そのまま、という出で立ち。自然体で構わないんだけど。でも、私のために準備してくれたのだとしたら嬉しいかな。

「一緒にご飯食べるって話だよね。サカちゃんは何食べたい」

「あ、それなんですけれど。実はレストランを予約してますので、そこに行きませんか。フレンチなんですが、もし良ければ」

「フレンチ？」

　声が裏返った。頭の中を一瞬にして様々な情報が駆け抜ける。

　ちょっと待て、この格好でフレンチかよ。だったらもっとちゃんとした服でくれば良かった。ドレスコードは大丈夫だろうか。というかこの人の口からフレンチなんて言葉が出るなんて。ガード下のヤキトリ屋とかのイメージだったのに。

「お嫌いですか」

　上目遣いで顔色をうかがう八坂。慌ててにっこり笑った。

「あ、いや、うん、大丈夫。大好き。行こっか」

　予約までしてもらってるのに、ここでひっくり返すわけにはいかないよ。

「良かった。七時から予約しているので、そろそろ向かいましょうか」

「あ、ちょっと待って」

「はい」

「ねえ。今日の格好、どう思う」

　どきどきしながら返事を待つ。そこで初めて八坂は赤松の服装を上から下までしげしげと見た。

　どう。可愛い？　エロい？　好みなの、それともいまいちなの。審判を下して。最悪ダメだとしても次に活かせるから、遠慮なく言ってくれ。

八坂は人の良さそうな顔で頷く。

「うん。赤松さん、そういう感じも似合いますよね」

うわあ、判断つかねえ。

「さて行きましょう。ここが正面玄関口だから、えっと……」

八坂は時計を確認し、駅の案内板を何度も見る。レストランに行き着くことに一生懸命になっているのがありありとわかり、それ以上は何も言えない。

「わかった、こっちだ。さ、赤松さん」

先導する八坂に黙ってついていく。腕を組んでみようかと思ったが、相手にその気は全くないようだったので、黙って手を引っ込めた。

＊

無事にレストランのあるビルにたどり着けた時、八坂はほっと胸をなで下ろした。

駅からの道は事前に下見しておいたのだが、昼と夜とでこんなにも町並みの印象が変わるとは思わなかった。次からはデート当日と同じ時間に下見をするべきだな。

高層階へと音もなく昇るエレベーターの中から夜景を眺めながら、そんなことを考える。

谷堂さんは事前の準備はいくらしてもしすぎることはない、と言っていたけれど、こういうことなんだな。

「準備、ですか……」

　二回目の喫茶店での打ち合わせで、渡されたノートを前にぽかんとしていると、谷堂は力強く頷いた。

「八坂さんって、スポーツやったことあります？」

「いえ、体育の授業でやったくらいです」

「私のやっていた体操でもそうだし、ダンスとか演奏とかでもそうなんですけれど、本番で失敗しないためにはどうすればいいかわかりますか」

「情報収集ですかね。写真では、撮影前に色々と調べますが」

「そう！」

　ぱんと拳を平手で叩いてみせる谷堂。

「とにかく準備なんです。情報を集めて、対策を練り、練習をする。体操の場合は反復練習が非常に大事です。もう、練習しまくるんです。それも百回とか二百回とかじゃない、数え切れないくらい朝から晩まで。体がへとへとになって、もう何をやってるのかわからないくらいになってもやるんです」

「そんなに何度も繰り返すんですね。頭がおかしくなりそう」

「なります」

「なるんですか」

　ならないとダメなんです、と谷堂は強調する。

「頭がおかしくなってくると、だんだん感覚が変わってくるんです。意識するより先に体が動くようになってくる。誰かに操縦されているような気分まで行きつくと、今度はわからなくなってくる。どうしたらミスができるのか、わからなくなってくるんです。そうしてやっと本番で実力が出せるんです」

　その真剣な瞳に、八坂ははっと息を呑んだ。

「一試合、一試合のたびにそれを繰り返すんです。それでも勝てるとは限らない、そういう世界でした。八坂さん、自分は何をしてあげたらいいのか、とおっしゃっていましたよね。それはデートの準備が、男としての練習が足りないのではないでしょうか」

「確かに……」

「自信がないのは当たり前。足りないものを努力で埋めるのはかっこ悪いことではありません。彼女の思いに応えるため、こちらも目一杯ぶつかってみるというのはどうでしょう」

「そういう発想から逃げてたかもしれません」

　両手をじっと見つめていると、どんとテーブルが震えた。谷堂が大量の書籍を置いたのだった。

「私がサポートします」

　よくある恋愛特集の雑誌から、心理学の本、レストランガイド、ファッションの本まで。

「本の通りにやる必要はないと思います。が、自分のやり方を手に入れるには、まずは基礎を知らなくてはなりません。とりあえずこのあたり、目を通してみてください。それから週末にデートがあるとおっしゃってましたね」

「あ、はい。上野でちょっとご飯でも行こうかなと」

「では具体的にデートプランを作ってみてください」

谷堂はまるで家庭教師か何かのように一枚の紙を差し出す。眼鏡がきらりと光を反射して輝いた。

「プランですか」

「三パターンくらいあるといいですかね。途中で計画を変更してもリカバリできるように。実際に使わなくても構わないので、予備のプランを考えておくんです」

さすがにあの時は絶句したが、やはり言う通りにして良かったのだろう。

飾りのためだけにプールがあるような高級レストラン。そこで一番いい席、やや高台になっていて室内を見回せる席に座っていても、下調べがあったからこうして落ち着いていられる。

「本日のメニューになります」

「どうも」

手渡されたメニューを開き、ちらりと赤松の方を見る。

「コースを予約したから、メインだけ選ぶ形ですね。僕は牛肉にしようかと思ってますけれど、赤松さんは」

「うん。じゃあ、イシダイのムニエルにしようかな」

「お酒はどうですか。あの、ワインを選ぶのであれば、魚だと白がきっと……」

「いいねえ。でも、まずはスパークリングを貰うのはどう？」

「あ、はい。じゃあその、スパークリングにしましょう」

赤松はどこか不安げに見えた。予算の心配をしているのだろうか。

「今日はご馳走しますので、気にせず頼んでください」

「ありがとう。こんなお店だと思ってなかったから、びっくりしちゃったな」

「僕も来るのは初めてなんです。人気店らしいので、気になってました」

「そうなんだ。嬉しいな」

普段行くような居酒屋とは価格の桁が違うが、それでもやはり高いだけのことはある。テーブルの装飾、食器、従業員の所作。何もかもが洗練されていて、思わずきょろきょろ見回してしまう。

「スパークリングワイン、お持ちしました」

「ありがとうございます」

八坂はグラスを手に取ったが、赤松は店員に軽く礼をしただけだった。置かれたままのグラスに透明な液体が注がれていく。八坂もはっと気づいてグラスを戻した。

危ない、危ない。ついビールの時の癖が出そうになった。

「かんぱーい」

軽くグラスを鳴らし、酒を口に含んだ。さすがに香りが良く、美味しい。八坂は一気に飲み干してグラスを置いたが、赤松は数口舐めただけで元に戻した。それから機嫌良く言う。

「オードブル、楽しみだね」

「ああ、そうですね」

　赤松が苦笑する。

「その敬語やめない？　同級生なのに片方が敬語っておかしいじゃん」

「そうですよね。すみません。直そうとはしてるんですけど」

「別にいいけどさあ、ずっと直んないよね。もっと気楽な感じでいいのに。まあ、無理に直すほどでもないけど」

「すみません」

　言われて改めて赤松の様子を見る。自分は来慣れない場所、着慣れない服でかちこちだと言うのに、彼女の雰囲気は普段とさほど変わらない。

「もしかして赤松さんって、こういうところよく来るんですか」

「よく、というほどでもないけれど。記念日とかには」

「それは……前の彼氏とか」

　いやいや、と赤松は手を勢いよく振って否定した。

「俊文君が好きなんだよ、食べ歩きが」

「あ、お父さんでしたっけ」

「そうそう。記念日といっても、だから私の誕生日とか、両親の結婚記念日とかね。小さい頃からことあるごとに連れてこられてたな。テーブルマナーとか、小学生からすればうるさいだけじゃん？　だから私は家で食べる方が好きだったのに、行かないと俊文君が怒るから仕方なく」

　思わずフォークを置く。

「赤松さんって、お嬢様だったりします？」

「んーどうだろう。でも俊文君は成金だね。我が父ながら、下品なタイプの成金」

　髪を指先でくるくるいじりながら、赤松はぼやいた。

「まあいいじゃん。オヤはオヤ、私は私だもん」

　まいったな。

　背中に汗がたらたら流れるのを感じる。

　奮発してこんなところに連れてきたけれども、かえってこちらが萎縮しそうだ。食事代のために貯金の三分の一をはたいたなどと言ったらドン引きされてしまうだろう。

　そしてますますわからなくなっていく。

　どうして彼女が、僕なんかと付き合いたいのか。

＊

「……何してんだよ」

　大きな洗濯籠を手に、階段を上がってきた谷堂が不審げに言う。

そう聞かれても、返答に困るな。篠田は考えたあげく素朴に答えることにした。

「ちょっと、佇(たたず)んでいるんだ」

「そこじゃなきゃダメなのか」

篠田が顔を挟んでいるのは吹き抜けの手すりの間。そこからホールを見下ろしつつ、四肢を廊下に投げ出して寝転んでいる。

「意外に床が柔らかくて癒やされるよ」

「そうか……まあ好きにすればいいけどさ。ほら、洗濯物が乾いたぞ」

「ありがとう。部屋に放り込んでおいてよ」

「お前って本当に全然家事しないのな。分担しようとか話したのも最初だけで」

諦めたような溜め息とともに谷堂は篠田の部屋の扉を開く。途端、脇に積んだ段ボールが崩れて落ちた。

「あーもう。相変わらずちらかってんな。何だよこれは」

「ちょっと気をつけてよ。新作のゲームが届いたんだ」

「また玩具か。プラモの改造はどうしたんだよ」

「いったん保留」

押し入れの端っこの方、放り出されている戦車を谷堂はつまみ上げる。上半分の塗装が終わっていて、下半分は灰色のままだ。

「徹夜してまで取り組んでたかと思えば、今度は放置か。コツコツと日々を積み上げるって考え方は、お前の中にはないのか」

「ちょっと、声でかいって」

篠田は耳を手で覆う。谷堂は心外そうだった。

「普通の声で話してるだけだぞ」

「今日は低気圧だからさ。僕、耳がキンキンするんだ」

「そうかよ。悪かったな」

面倒くさそうに谷堂は背を向けると、黙って衣装棚に洗濯籠の中身を放り込み始めた。

「また、勝手に俺のシャツやパンツ穿いて……」

ぶつくさ呟いているが、篠田は聞こえないふりをする。いつものことだ。早く用事だけすませてどっか行ってくれないかな。

と、その時携帯電話が鳴った。電話がかかってきた。

億劫なのでそのまま鳴り止むのを待っていたが、一度止まっても何度もかかってくる。

「うるさいなあ、誰だよ……もしもし。しのだ」

うんざりしながら電話に出ると、キンキン声が耳を貫いた。

「もういや！　めっちゃ腹立つ。どうしてこうなるのさ。苔なの？　やっぱり緑の苔が必要なの？」

「カナデ。今日はデートだったはずじゃ」

「最悪だよ、もう。できるだけ相手を立ててたのに。私にしては珍しく頑張ったんだよ。

ほんとに頑張ったの。なのになんであんなこと言われなきゃいけないいんだあっ」

荒れてるなあ。

あまりの剣幕に、篠田は鼓膜の痛みを忘れた。

「何かあったの」

「あったどころじゃないよ！　ちょっと来てよ、これから潰れるまで飲むから付き合って」

「うえー、今日は外に出たくないんだけど。気圧がさあ」

「お願い、ほんとにお願い。何ならそっちに行くから。君の部屋でもいいから」

「まあ……じゃあ、近場ならいいけど」

「ありがと、待ってるから。あー、今思い出しても腹が立つ。確かにあいつはずっと目立たない奴だった。私も無視してた。再会するまで、名前すら覚えてなかった。その点私はみんなのアイドルだったからね。この二人の組み合わせは確かに不思議でしょーが。だけど、今好きなら関係ないじゃんか」

「一体何を言われたのさ」

泣きじゃくりながら、赤松は叫んだ。

「『赤松さんには、僕なんかよりもっといい男がいるんじゃないですか』って」

＊

「お、今から出かけるのか」

何かがさごそと音がすると思ったら、篠田がかったるそうにコートを羽織っていた。

「うん。今担当中の客が、来て欲しいって」

「お前にしちゃ珍しくやる気出してるな」

「気は進まないよ。ただ今日のデートを楽しみにして、気合い入れてるのを見てたからさ。ああ泣かれちゃあね、さすがに」

「へえ。今日がデートね……」

「高級レストランで食事したはいいものの、大喧嘩だってさ」

谷堂は顎に手を当てる。何だか聞いたような話だが。

「結局男が奥手すぎるんだよね。くそ真面目、いやただの臆病なんじゃないかと思うんだけど。とっととベッドインしちゃえばいいのに、手順ばっかり無駄に増やして。だから未だに童貞なんだ」

「ん？」

「おい、ちょっと待て。まさかとは思うが」

マフラーをくるくる顔の周りに巻き付けて、篠田が振り返る。

「お前の客って。まさか、俺の客と……」

「え、どういうこと」

予感を証明するかのように、谷堂の携帯電話も鳴動した。

慌てて出る。「反省会、お願いしたいんです」と、八坂のしょんぼりとした声が聞こえてきた。

安田荘。名前も含めていかにも安価な感じのアパート、その二〇二号室。

教えられた住所に間違いないことを確認して、谷堂はインターホンを押した。ブーッと汚らしいブザー音が鳴った後、少しだけ扉が開かれ、八坂昇が顔を出した。

「どうも、夜分遅くにすみません。わざわざ来ていただいちゃって」

「いいえ。できるだけ早くにお話しした方がいいと思いましたので」

「今開けます。すみません、この扉建て付けが悪いんですよ」

ギシギシ音を立てる扉を二人してこじ開けると、独特の酸っぱいような臭いが鼻をついた。古い建物だからかと思ったが、違った。

「変な臭いがしたらすみません。時々現像作業をしているので」

「現像って、写真のですか」

「そうです。風呂場を現像室にしてるんですよ。作業には水が必要だから都合がいいんです」

六畳ほどのワンルーム。奥の扉を覗き込むと、黒いカーテンの向こうに機材や薬品らしき瓶、そして無数のプラスチック製トレイがトングと一緒に積み上げられていた。

「デジタルじゃないんですね」

「仕事ではほとんどデジタルです。ただ、昔ながらの暗室作業というのが僕は好きでして、たまにやってます。趣味のようなものですね……こちらにどうぞ」

ちゃぶ台で向かい合い、こぽこぽと急須から緑茶が注がれるのを眺める。差し出された湯呑みに礼を言って口をつける。

あんまり美味しくなかった。

「劣化しちゃってますね、これ。すみません、滅多にお茶なんか淹れることがないので」

「いえいえ。そんなことよりも、今日はどうだったんですか」

「僕なりに努力したつもりだったんですが。本当、何をやっても上手くいかないというか」

八坂は項垂れつつ、顛末を話して聞かせてくれた。

「それは失言だったかもしれませんね」

腕組みして谷堂は指摘する。

「でも、僕は正直な気持ちを言っただけなんです」

「相手の気持ちを考えてみてください。『もっといい男がいる』というのは、謙遜から出た言葉かもしれません。でも、好きな相手から聞かされたら、馬鹿にされてるように感じませんか。ともすれば『好きにならないでくれ』と言われるようなもので」

はっと八坂は息を呑む。「そんなつもりは」と言いかけたが、しばらくして認めた。

「そうですね……そう思っているのかもしれません」

「どうしてなんですか。付き合いたくないんですか。嫌いなら、そう言えばいいだけでしょう。八坂さんは正直なところ、彼女をどう思ってるんですか」

困ったように笑い、八坂はこちらを見る。

「変だと思いませんか？　彼女と僕の組み合わせって」

「い、いいえ。そんなことは」

「隠さないでください。向こうは恋愛経験豊富な女性。僕はこれまで一度も恋人というものがいたことがない男。華やかに誌面を飾るモデルと、完全なる裏方のカメラマン。収入だって、容姿だって、不釣り合いなんてものじゃない、そもそも同じ世界の住人じゃないんですよ」

「まだ詳しく聞いていませんでしたけど。お相手の方とはどのようにして知り合ったんですか」

「ただ、高校のクラスが一緒だっただけですよ」

ぽつり、ぽつりと八坂は語り始めた。

「それも、僕は単なる四十人のうちの一人に過ぎなかった。彼女と会話をしたことが一回あるかないか。目を合わせたことすら、数えるほどです。一方の彼女は当時から綺麗で、明るくて、クラスの人気者でした。将来は芸能人になるんだって言ってましたし、僕もきっとこういう人がテレビに出るようになるんだと思ってました」

「大人になってから再会されたんですよね」

「つい最近ですよ。撮影現場でたまたま会ったんです。打ち合わせの最中に彼女だと気づきましたけど、どうせ僕のことなんて覚えていないでしょうし、淡々と仕事を終わらせました。でも、撮影が終わった後に打ち上げに誘われて……」

「相手は覚えていたんですね」

　まさか。八坂は苦笑する。

「雑誌の担当編集者やマネージャーも含めた、ただの飲み会ですよ。僕はついでに声をかけられたような感じで。だから目立たないように飲んでたんですけどね、出身を聞かれ、話の流れで彼女と同じ学校ということがわかって。そこでようやく思い出したようです」

「そうだったんですか。かえって気まずいですね」

「『もー、早く言ってよ』なんて笑ってましたよ。彼女はそういうことで悪びれる人じゃないんで」

　互いに冷たくなったお茶をすする。

「いっそ忘れたままでいてくれれば、良かったな」

　独り言のように八坂が呟いた。

「そうだったら今日、泣かせてしまうこともなかったのに」

＊

　何でここを指定してきたんだ。

　篠田は店の看板を見て、ちょっとだけ顔をしかめた。だが気を取り直し、中に入ってあたりを見回した。

「あ、シノちゃん。こっちこっち」

　呂律の回らない状態の赤松が奥の席で呼んでいる。薄暗い店内をかき分けてソファの隣に座ると、やってきた店員にシャーリーテンプルを頼んだ。

「何、ノンアルコール？　飲まないわけ」

「今日は気分じゃないんだ。だいたい、どうしてこの店なんだよ」

「あれ、嫌い？」

　ちょうどショーが始まる時間だった。照明が落とされ、あたりが妖しいピンク色に光り始める。ステージの方を向いて配置されたソファからは、次々に拍手が上がった。

「いや、そこそこ来る」

「なんかそうじゃないかなって思った。シノちゃん、私と趣味が合うし」

「だけど相談したりするのには向かない場所じゃないか」

　アルコール濃度の高そうなカクテルをがばっと呷る赤松。

「相談？　そんなの別にないし。ただ、スカッとしたいというか。堕ちたいっていうか。どーでもいいの、もう」

　わっと声が上がる。和服姿の女性が二人現われると、片方が音楽に合わせて肌を露わにし始めた。あっという間に全裸になった彼女を、もう一人が荒縄で縛り上げる。苦悶の表情を浮かべながら、細い肢体が空中に浮かび上がっていく。

「SMの趣味があるの」

赤松は首を横に振った。

「あんまり。試したことあるけど、いまいちはまれなかった。それよりは周りの人がプレイやショーを楽しんでいる、その雰囲気が好き。あーみんな動物だなあってリラックスできるじゃん」

「ああ、その気持ちはわかる」

篠田はあたりを眺めた。今日の客層は割と品がいいな。セーラー服を着た高齢の女性や、全裸に亀甲縛りを施された初老の紳士が大人しく、ステージ上を真剣な眼差しで見つめていた。

「デート、散々だったらしいね」

「ほんとに。もう、失礼ったらないわ」

「ちょっと聞いていい？」

「なあに」

「そもそもどうして、そんな男のことが好きなの。君の方から告白したんでしょ」

「それは……」

こちらを見た赤松の顔が、ステージからの赤い光で照らされた。その瞼は赤く腫れていた。

「何でだろう？」

僕が知るわけないだろ。

仕方がないので一つ一つ、初めから聞いていくことにした。

「まあ、最初はちょっと味見してみたいなって程度よ」

「いきなりビッチ全開だな」

「この仕事を始めてから、知り合うのは脂っこい男性ばかり。どいつもこいつもモテたい、金欲しい、目立ちたいでさ。確かにそういうのと付き合うとお互いに得したりするんだけど、ちょっと胃もたれ気味だったのね」

ＳＭショーは進んでいく。蝋燭やら糸やら果物やらが舞台袖から現われた。どうせ突っ込んだり垂らしたりするのだろう。何度も見ている篠田は、特に興味も引かれない。

「その点サカちゃんは新鮮だった。欲、なさ過ぎ。そこそこいいガタイしてて、顔だってまあ普通、壊滅的にモテないとも思えないわけ。なのに童貞でしょ。この人どういうセックスすんのかなあって気になってさ、後日サシで飲みに誘ったの」

「いつもそうやってつまみ食いする人なの」

「ちょっと馬鹿にしないでよ」

赤松はぎろりとこちらを睨む。

「前にも言ったけど同時進行はしない主義だから、私。ちょうど付き合ってる彼氏も気になってる男もいなかったから、興味持った男性にアプローチかけただけ。動物のメスとして、ごく当然のことでしょ」

「で？　どうなったの」

「だから……そう、そしたらランチでもいいですかって言われて。こっちゃ抱かれるつもりだったからやや拍子抜けしたけど、まあ適当にご飯食べて、近くの公園ぶらぶらしたりしたのね」

「で、それから」

篠田は冷めた目でシャーリーテンプルを舐める。

ステージでは動物のメスが動物のメスを縛ったり叩いたりしていた。そうだよな。いかにも秘密めいた場所で、禁断の行為にふけっているような演出が為されているけれど、ただの動物の戯れだ。

執拗にメスを愛撫する昆虫もいれば、オスに噛みついて興奮する動物もいる。何ら特別なことじゃない。篠田がたまにショーを見に来るのは、それを確認するためでもある。

「そしたらさあ、サカちゃんってずっとカメラいじってんのよ。私と話してるのに全然目を合わせないのね、下見てんの。最初こそ遠慮がちだったけれど、だんだん慣れてきたらもう、カメラをいじらずにはいられないって感じで。で、面白かったから私を撮ってってお願いしたのね」

でも、人はみんな自分の恋を特別だと思いたがる。いや、実際その人にとっては特別なのだろう。だとしたらそれはなぜなのか。生存戦略上有利な交配相手を見つけるだけの本能に、どんな魔法が潜んでいるのか。

「秋晴れで、すっごい天気が良くてね。何枚も撮って貰ったんだ。サカちゃん、カメラ三つくらい持ってきててさ。持ちすぎでしょ、ほんと。それを使い分けながらめっちゃ撮るの。本当にめっちゃ撮ってた。でね、物凄く喋るのよ」

はじめは不機嫌だった赤松が、いつの間にか身を乗り出して篠田に訴えかけていた。

「ランチの間は私がずっと会話を繋いでたのに、いつの間にかリードされてて。このベンチに座れとか、ちょっと顎ひけとか、光線の具合が変わるまで待とうとか、命令までされちゃって。うん、ずっと喋ってるわけではなかったかな。でもたまに沈黙があっても、何だか気まずくないんだよね。安心して静かでいられた。なんでだろうね、あれは」

目をきらきら輝かせて。

「ずっと見てるの。彼が、目を合わせてくれなかった彼が、カメラを私に向けるでしょ。まるでその顔がカメラになって、私をじっと見つめてるみたい。瞬きをするのはシャッターを切るほんの僅かな間だけ。その瞬間すら、フィルムに残っているわけでしょ。だから本当にずっと見られてた。色んなカメラマンに撮られてきたけれど、あんな感覚は初めてだった。それが不思議で、面白くてさあ」

身振り手振りを交えて。

「そこで、恋に落ちちゃったの」

自分の好きな人がどんなに素敵か、赤松は熱弁を振るっていた。

＊

「レンズ越しの君に恋をした、なんてフレーズがありますよね」

八坂は脇に置かれた無骨なカメラを撫でた。

「僕もカメラをやる者として、凄くわかる感覚です。でも、それって片思いなんですよ。いや、片思いを望んでいるというかな」

「どういうことですか」

谷堂はカメラで他人を撮ったことなどほとんどない。自分のフォームを確認するために携帯のムービー機能を使う程度だ。

「こう、構えて覗くでしょ」

なめらかな動作だった。一瞬で八坂の顔がすり替わったかのよう。

「すると、谷堂さんからは僕の顔が見えませんよね」

大きなカメラは、八坂の顔の大部分を覆い隠した。

「確かに。仮面をかぶってるようなものですね」

「そうなんです。でも、僕からは見える。胸の谷間だろうが太ももだろうが、見たいところをずっと見ていられるんです。拡大や縮小も自由自在。相手の気持ちなんか無視してやりたい放題、一方的に見る側でいられるんです」

「それが、片思いですか」

かしゃり。八坂がシャッターを切った。

「相手は僕を見ていない。僕は相手を見ている。これはある意味で凄く安全な状態と言えませんか。壁に隠れているんですよ。きちんと恋人になるには、その壁から飛び出さなくてはならないはずなんです」

ふと、谷堂は八坂の声に張りがあることに気がついた。

これまでどちらかと言えばおどおどと、手元をいじりながら話していた彼が、カメラを持った途端に堂々と話し始めた。

「でも、僕はこの距離感が好きなんです。ずっと壁に隠れていたい。だから恋は片思い、いつまでも成就しないわけですけれど、僕はそれでもいいと思っている節があるんですね」

もう一度シャッター音が響く。そして八坂はカメラを下ろした。

「でも、それじゃいつまでも何も始まらないじゃないですか。八坂さんの中には、恋をしたいという気持ちもあるわけでしょう」

「まあ、そうですね。確かに生産性がないとは思いますけれど、でも写真が残るんです」

「写真が」

ダイヤルやボタンを操作して、八坂はカメラのディスプレイを表示させた。そこには谷堂の顔が写っている。

「写真って、瞬間が記録されますよね。僕はその感じがたまらない。時間はどんどん先に過ぎていってしまうものなのに、捕まえて冷凍保存しておける。大切な時間も、衝撃的な時間も、残すことができるんです」

「でも、写真には八坂さんがいないじゃないですか。八坂さんの姿が残らないじゃないいですか」

　八坂は笑った。

「残りますよ」

「どこに」

「シャッターを切った人間がいるから、写真が撮れるわけですよね。この時ここに確かに僕がいて、こんな風に世界を見ていた。その証が残るんです」

　ふと、谷堂は八坂の背後に置かれたラックに目が行った。

　よく見るとそこには無数の写真が並べられている。

「あ、あれは乾燥中のものです」

　何段くらいあるだろう。数十ではきかない段のそれぞれに、四、五枚の白黒の写真が置かれている。どれもが同じ女性を写したもののようだった。

「前に赤松さんと、公園に行った時に撮ったんですよ。ほとんどヘボですが、いくつか写りがいいものを見繕って現像したんです」

「写りがいいものだけで、この量ですか。一体全部で何枚撮ったんですか」

「さあ、それは……千枚くらいですかね。正確には数えてませんけれど」

「凄いですね」

　八坂はあっさりと否定した。

「いいえ、これはいつもやってることなんです。こんなにたくさん現像するのは久しぶりですけどね。今回は結構いいものが撮れたので多めに……」

「いいじゃないですか」

谷堂は身を乗り出す。

「プレゼントしたらどうですか。レストランや花束よりも喜ぶんじゃないでしょうか。写真なら、八坂さんも自信を持ってお渡しできるでしょうし」

「うーん、どうなんでしょう」

腕組みをして、八坂は困ったように笑う。

「そもそも僕なんかが撮った写真を貰って嬉しいかどうか」

「いや、ですから」

「仮に嬉しいとしましょう。でも喜ばせてどうするんでしょう。付き合って、恋人同士になって、僕に何ができるんですかね」

長く、深い溜め息を八坂は漏らした。

「何だかわからなくなってきたんですよ、僕は。彼女の気持ちに応えようとしたところで、また今回みたいに傷つけてしまうんじゃないか。泣かせてしまうんじゃないか。だったら、いっそお付き合いはお断りした方がいいような気もしてくるんです」

谷堂は彼の顔を見つめ、その真意を探ろうとする。

赤松のことが嫌いというわけではないようだ。むしろ好感を持っているからこそ、いっそ関係を絶ちたいのだろう。しかしそれでいいのだろうか。それで本当に彼は幸せと言えるのだろうか。

わからない。

無理に後押ししたら、もっと嫌な気持ちになって終わるかもしれない。じゃあどうすればいいのだ。

この問題は、谷堂にとっても難易度が高い。

二人でううんと頭をひねる。時間はとっくに夜の十時を回っていた。

「ちょっと、持ち帰って考えてみてもいいでしょうか。今すぐに結論を出さない方がいい気がするんです」

谷堂は切り出す。八坂は黙りこんでいる。

「私も知人の意見を聞いてみたいですし、八坂さんも少し時間をおいた方が自分の気持ちが整理されるかもしれません」

「そう、ですね……」

頭に浮かんだのは篠田のことだった。赤松の担当をしているらしい彼から話を聞けば何か突破口が見えるかもしれない。

「そうしましょうか」

八坂も頷いた。

「また連絡します」

「すみません、遅い時間まで」

「とんでもないです」

玄関先でコートを羽織り、革靴を履く谷堂に、八坂が小声でぼやいた。

「うじうじしてばかりで、かっこ悪いですよね、僕」

「そんなことはありませんよ」

「赤松さんは、こんな風に悩んだりはしないんだろうな」

その言葉に手を止める。

「彼女はさっぱりしてるから。見習いたいですよ」

谷堂は八坂を振り返って、その目を真っ直ぐに見る。

「八坂さん。そんなことはないと思いますよ」

赤松もまた「ヒペリカム」に自らやってきた。恋に悩んでいない女が、そこまでするとは思えない。

きょとんとしている八坂に向かって繰り返す。

「そんなことはないと思います」

「……はい」

「頑張りましょう。私も全力で応援しますから」

笑い、ぐっとガッツポーズを作ってみせる。八坂もつられて微笑み、頭を下げた。

「引き続きよろしくお願いいたします」

白い吐息で眼鏡を曇らせながら夜道をゆく。

谷堂は気合いが入るのを感じていた。八坂は確かに不器用で、うじうじしているかもしれない。しかし真面目だ。谷堂はそういう男が好きだった。

何としても彼らにはいい結末を迎えて欲しいものだ。できることは何でもやってやる。

鼻息荒く、道を踏んだ。

＊

ビルの狭間を通り抜ける風が鳴き、電線を揺らしている。身を切られるような寒気。篠田はコートのフードをかぶり、ポケットに手を突っ込む。そしてマフラーに鼻まで隠して忍者のような出で立ちで歩いていた。

ひたすらのろけ話を聞かされた。今日は体調が悪いから、早く寝るつもりだったのに。ただ相づちを打つだけの濃密な数時間を過ごしたのち、赤松は「さっぱりした、明日からまた頑張る、ありがとう」とだけ言ってさっさと帰ってしまった。

篠田はアドバイスをしたわけでも、相談に乗ったわけでもない。壁みたいに座っていただけ。なら壁に向かって話してくれればいいものだが、まあ解決したならいいか。

人の予定に振り回されるのが大嫌いにもかかわらず、赤松の天然の我が儘にはつい付き合ってしまうのが自分でも不思議だった。

やっぱり、同類だからかな。

風が逆巻き、唸る。そのたびに街路樹がしなり、細くて小さい篠田は吹っ飛ばされそうになる。

こりゃダメだ。ヒペリカムに辿り着く前に凍死してしまう。

温まっていこう。ポケットの中の小銭を指先で数え、篠田は大通りを外れて住宅街の方に曲がった。


プラスチックの洗面器がタイルに当たり、かぽんと軽い音を立てる。温かく、湿度の高い空気、水の香り。この雰囲気が篠田は好きだった。

銭湯に先客は一人だけらしい。二十個ほど並んだ籠のうち、適当にピンと来たところにコートを脱いで放り込む。それから上半身も下半身も、服を全部重ねて一遍に脱いだ。

手先にちくりと痛みを感じて手を見る。

あーあ、冬になるとすぐこれだ。

指先が乾燥して、肌は硬い鱗（うろこ）が重なったようになっている。鱗と鱗の間はひび割れ、赤い肉が露出していた。関節と関節の間には漏れなくあかぎれが並んでいる。一つ治りかけていたが、その横に新しいあかぎれが生まれていた。血が滲（にじ）んだ跡。

人に見せると痛そう、と言われるが本人としては慣れっこ。軽く溜め息だけついて手ぬぐいを持ち、からからと戸を開ける。

湯船に一人、肩幅の広い男が浸かっていた。頭に手ぬぐいを載せ、こちら側を向いている。篠田はかけ湯をしてからのんびりと浴槽に向かう。その間ずっと男はこちらを見ているようだった。いや、凝視している。目を細めて身を乗り出して、じろじろと観察している。

何だこいつ。

そう思ったところで、男が言った。

「え、篠田か」

「あら」

男が脇に置いた眼鏡を取ってかけた。ガラスが一瞬で曇ったが、どうやら刹那に像を結ぶことができたらしい。

「やっぱり篠田か。偶然だな」

「誠太かあ。何だ、狙われてるのかと思った」

湯船に足からゆっくり入ると、波紋が水面を広がっていく。

「狙う？」

「たまにいるんだよ。僕みたいな男がタイプっていう男が。それから女と間違える人もいる」

そう言われた谷堂は篠田を改めて眺めた。それから慌てて眼鏡を取る。

「細すぎるからだろ。お前も男ならもっと肉食って、トレーニングしろよ」

「えーめんどくさい。肉、固いから嫌いだ」

「顎を鍛えないとパワーは出ないんだぞ。それに何だよその白っちい肌は。外に出て日焼けしろ」

「焼いても全然黒くなんないんだって。ただ痛くなるだけでさ。肌が弱いんだよ」

「初めはそうでも、何度も虐め抜くうちに少しずつ強くなっていくぞ。肉体の可能性は無限なんだから」

　谷堂は大真面目な顔で言うばかりで、全然かみ合わない。

　これだから嫌なんだよな、筋肉信奉者は。

「そもそも肉体ってのは、一朝一夕で出来上がるものじゃないんだよ。毎日少しでもいい、とにかく続けるのが大事なんだ。どうだ、今度俺と一緒にジョギングしてみないか」

「プラモの方が楽しいからいいよ」

「そのプラモだって、いや編み物だって何だって、お前いつも中途半端じゃないか。何か一つ、続けてみろって」

　別に嫌味ったらしい言い方ではなかった。ただ谷堂なりの善意なのだが、これに篠田はむっとした。

　続けようと思えば続けられる奴には、僕の気持ちなんかわからないさ。

　お湯の中でちくちくとあかぎれが染みる。ひび割れた指の腹がしくしく泣いている。プラモを加工できる日もあれば、手が痛くてシャボン玉くらいしかできない日もある。勉強の能率が上がる日もあれば、頭痛をこらえて横たわることしかできない日もある。

「続けたからって何になるのさ」

だから、篠田はつい反撃してしまう。

「誠太は体操、めっちゃ頑張ったんでしょう。学生生活を全部捧げたんでしょう。それで何になったの？　選手の道はダメだったんじゃないか。結局その辺の会社員になっただけ」

今度は谷堂が気色ばんだ。

「だったらそのぶんプラモでも作ってた方がまし、そうじゃないの。なのに今でも毎日トレーニングしてるなんて、僕には無駄だとしか思えないけど」

「そんな風にしか考えられないのかよ。お前は」

谷堂がぷいとそっぽを向く。何だよ、先にふっかけてきたのはそっちじゃないか。篠田も頬を膨らませつつ、意味もなく手ぬぐいで海坊主を作ってつぶした。

＊

無駄、か。

谷堂は俯いて湯船の中を見る。鍛え上げた己の肉体が、ゆらゆら揺れていた。

その通りだよ。毎日必死に練習した。雨の日も雪の日も、外を走った。才能に恵まれたとは言いがたい。だからその分、誰よりも自分に厳しく鍛錬を課したつもりだ。

あと一歩だった。協会から特別強化選手にまで選ばれていたのに。

篠田が湯船から上がり、のろのろと洗い場に歩いて行く。

確かにお前の言う通りだよ。夢は、叶わなかった。

悔いはない。やるだけやって、及ばなかったなら仕方ないのだ。

ただ、今でもトレーニングが止められない。毎日必ずジョギングして、筋トレをして、栄養管理をするのが止められない。自分の体が衰えるのが許せない。しかし何のために？ この先に大会も、試合もない。目標は何もないのに、どうしていつまでも俺は走り続けているのか。

以前は頂を目指して進んでいた。今はただ、立ち止まるのを恐れて走り続けている。そんな自分が時折、壊れた機械のように思える時がある。

篠田がシャンプーで頭を泡立てていた。

もこもこの泡が膨らんで、あっちこっちに飛び散っている。それでも気にせず好きなように泡を育てている。相変わらず自由な奴だ。

いっそあいつみたいに過ごせたら、楽になれるんだろうか。

「……赤松奏、だっけ」

篠田の手がふと止まる。

「お前の担当してる客」

「あ、うん」

相手も喧嘩を続けたいわけではないらしい。口調は柔らかかった。

「八坂昇さんでしょ。誠太の担当」

「やっぱりそうなんだな。俺たちの客が、カップルなんだ」

手ぬぐいを取り、谷堂は顔を拭う。それからもう一度綺麗に畳んで頭に載せる。

「こんな偶然あるんだね」

「まあこの銭湯だって偶然だもんな。で、どうだい。赤松さんの様子は」

「恋する乙女って感じで微笑ましいよ」

篠田がシャワーのダイヤルをひねった。無数の線となって流れ出てきた湯を眺めている。

「僕はむしろ八坂さんのことが聞きたいな。どうして彼女の思いを頑なに受け入れないのか、全然わかんない」

「それは……受け入れてないわけじゃないんだが、彼も複雑なんだ。自信が持てないらしくてな」

「自信を失ってるのはカナデの方だよ。アプローチを止めてるのは八坂さんでしょう？　彼が動かない限り、話が何にも進まないんだって。こっちはできること全部やってんだから」

「いや、本人も迷ってるんだ。自分が相手を幸せにできるかどうかわからないと。答えを出すまでもう少し時間がいる」

「馬鹿らしい。そんなの自己満足だよ。早くラブホテルでも何でも行って、一回抱いてあげればいいのに。カナデが可哀想」

吐き捨てるように言う篠田。

「それは気が早すぎるだろ。こういうのはちゃんと手順ってもんがある。八坂さんは真剣に考えてるからこそ、軽率に進めないようにしているのであって」

「はあ？　カナデが軽率だって言うの」

「ああ、軽率で浅慮だと思うね。いきなり体の関係を持つのは非常識だ。お互いにきちんと気持ちを決めてから、告白して……そうだな、事前に互いの両親に挨拶もした方がいいだろうな、それから」

溜め息を吐いて、篠田が頭を流し始めた。

「そんなの逃げじゃん。形式に囚われてないで、まずは裸になって自分の本能を確かめるべきじゃないの。恋愛って究極そこじゃん」

「性欲に流されるだけなら、動物と変わらないじゃないか」

「人間だって動物だよ。そんなとこかっこつけてどうすんの。思わせぶりで、卑怯じゃん」

それは聞き捨てならない。

「ちょっと待てよ。八坂さんはそういうつもりでいるわけじゃない」

「理屈ばっかりこねてさ、自分がいい子でいたいだけじゃないか。抱くならさっさと抱く、振るならさっさと振ってあげるのが礼儀ってもんだよ」

話が極端すぎる。

谷堂は何とか落としどころを探ろうとしたが、互いの意見はぶつかるばかり。

「待て、邪推しないでくれ。八坂さんは赤松さんのことが気になってるのは間違いない。俺は彼の家に行ったけど、何枚も彼女の写真を撮ってたんだ。嫌いな人にそんなことしないだろう」

「はあ？　誠太、家に行ったの？」

泡とお湯で垂れ下がった髪のまま、篠田がこちらを振り返る。どきりとした。長い髪を垂らした篠田は、確かに女性にも見えた。

「ああ。行ったが。それが何か」

篠田は不機嫌そうに声を荒らげた。

「何でカナデを家に入れないくせに、誠太が先に行っちゃってるのさ。協力するどころか、お邪魔虫になってるんじゃないの」

「いや、ただ八坂さんが家に来てくれっていうから」

「もうちょっと考えなよ、誠太」

きつく咎（とが）める口調だった。谷堂も言い返す。

「何だよ、俺は俺なりに精一杯やってるぞ。そういうお前は、どこで赤松さんと会ってきたんだよ」

「SMバーだけど」

ぽろり、と頭から手ぬぐいが転げて落ちた。

「え？　もう一回」

「SMバー。駅前の」

今度は谷堂が怒鳴る番だった。

「お前こそ、どこに彼女を連れ出してんだよ！」

　思わず立ち上がると、湯船に大波が起きてお湯があふれ出た。泡と湯が混ざり合い、排水口へと流れていく。

「カナデがそこを指定したんだよ。それにSMバーと言ってもただショーをやってるだけで、別にいかがわしい所じゃない。散々な思いをして、カナデも退廃的な気分に浸りたかったんじゃないの」

「いかがわしいだろ、どう考えても。まさかお前、赤松さんに手を出してるんじゃないだろうな」

「何言ってんの」

「真面目に彼らを応援する気あるのかよ」

「こっちの台詞だよ！」

　全裸で向き合い、睨み合う二人。

　その時からからと戸が開き、長身の男が下を隠して入ってきた。

「外まで丸聞こえだぞ。相変わらず仲いいな、お前等」

　檜山だった。

「仲良くないです！」

　ほとんどハモりつつ、谷堂と篠田は言い返した。

＊

「……はい。私だけど」

「奏ちゃん？　今、大丈夫？」

「いいけどー。どれくらい」

「長くて十五分くらい」

「それくらいならいいよ。でもお呼びがかかったら切るからね、あしからず」

「あ、ひょっとして撮影待ち？」

「そ。女の子二人の撮影で、私はいったん待機」

「さすが我が娘。ご活躍のようで」

赤松奏は体に二重に巻いた毛布の隙間から手を出し、携帯電話を耳に当てている。車の中ではあるが、ヒモみたいな水着一つだけではけっこう寒い。

「真澄ちゃんはまだ海外なの？」

「そうよん。今はロス」

「何だっけ。ハリウッド俳優目指してタクシー運転手やってる兄ちゃんとはまだ続いてるの」

「ショーンのこと？　あいつなら結局ワンナイトラブよ。ま、私を逃すなんてあいつは一生運転手ね」

「はあ、相変わらず好き勝手やってんだ。俊文君、かわいそ」

電話の向こうで甲高い声が響く。

「文句を言われる筋合いはないわ。私は娘をきちんと育て上げた。大学まで出してやったんだからね。後は自分の人生をエンジョイするのは当然でしょう。だいたい奏ちゃん、あんたこそいつまでそんな仕事続けるつもりなの」

うう。どうやらやぶ蛇になったようだ。

「お母さんにはわかってるんだからね。あんた水着で人前に出て何年になるのさ。写真集だって本屋に並んでないって聞いたよ。もう芽が出る見込みなんてないでしょう。諦め時なんじゃないの」

この母はいつも容赦なく、ずけずけと物事を言う。それが清々しい時もあるが今は正直しんどい。

「それが頑張ってる娘にかける言葉なの？」

「あら、愛する娘だからこそはっきり言ってあげてるんじゃない。だいたい芸能人になってテレビに出まくるとか言ってたけど、あんたには無理だよ。他の子に敵わないって」

腹立つ。赤松はどんと前の座席を蹴り上げた。車がぐわんと揺れる。

「テレビならちょっとだけ出たし。なにさ、私は他の子より不細工だって言いたいの？」

「まさか。お母さんの血をたっぷり受け継いだだけあって、奏ちゃんは美人だよ。ま、多少フォトショップで修正すれば十分売り物になるんじゃない」

「何が言いたいかわかんないって」

「でも結局、あんたいい子じゃん」

うっ。見透かされたような気がして赤松は黙り込んだ。

「何だろ？　そこそこずる賢いし、不真面目だとは思ってるけどさ。目的のために悪人になれないでしょう。他の女の子を蹴落としたり、自分をとことん汚したり、できないでしょう。そういう子は結局、テレビは無理」

何も言えない。

「根っこのとこが素直だからなあ。家を飛び出してっても、そこは変わってない。電話するたびにそう思う」

でも、言われっぱなしは嫌だ。

「うるさいな、余計なお世話。言いたいことはそれだけ？」

母親は忘れてた、と言わんばかりに切り出した。

「そうそう。本題に入らなきゃ」

こんなキツい話、本題じゃないのかよ。

「実はね、俊文君と仲直りすることにしたのよ」

「えっ？」

真剣な声だった。

「さんざんやり合ったけど、結局俊文君は私がいないとダメだって言うし。私も世界中飛び回ってちょっと頭冷えた。ここらで一年越しの夫婦喧嘩も幕としようかなと」

「何だ。心配して損した」

「ごめんごめん。それで相談なんだけど、奏ちゃんもこっちに来ない」

「こっちって……」

「ロサンゼルス」

「は、はあ?」

途端に足元の現実感が失われていく。ここは熱海のサンビーチ沿いの車道に止まっている、ちっぽけなバンの後部座席。太平洋を挟んだ先のカリフォルニア州が遠すぎて、目眩がした。

「俊文君も反省してるみたいよ」

携帯電話を掴む手が、ふるふると震える。

「確かに厳しすぎたってさ。習い事もそうだし、門限も、恋愛禁止も、何もかも雁字搦めにしすぎた。そりゃ、あんたが怒るのも無理ないわ。俊文君はね、奏ちゃんがすぐに頭下げて帰ってくると思ってたらしいよ。どうせ一人じゃ生きていけやしないからって、婿の候補までピックアップしてたんだから」

頭の中で、光景が思い浮かぶ。父と母がつまらないことで罵り合っている間に豪邸を抜け出して、大きなピンクのキャリーバッグを押してタクシーに乗ったこと。重苦しい曇り空だった。岐阜駅のホームも、やってきた電車も灰色に見えた。

「だけど奏ちゃんは帰ってこなかった。最初は自信たっぷりに構えてた俊文君もね、ちょっとするとおたおたし始めちゃって。それから二ヶ月後くらいだったかな。事務所にあなたのプロフィールが載って、初めてグラビアページを飾って。言ったっけ? 俊文君、家の恥だって怒鳴り散らしてた」

　東京に着いて、事務所に飛び込んで、すぐにマネージャーと付き合ってその家に転がり込んで。食事は納豆ご飯ばかり、お風呂は温度の上がり切らないシャワーばかりだったけれど。実家にいたときよりもずっと呼吸がしやすかったのを覚えてる。

「でもね。それが一年、二年と続いて。写真集を出して、テレビのちょい役に出て。奏ちゃんは帰ってこなかった。俊文君、言ってたよ。あいつ凄いなって、感心してた」

「まさか」

　否定しつつも、喉の奥が震える。

「そんなわけないでしょ」

「嘘じゃないって。今ではあなたが載るたびに、週刊誌買ってくるんだから。読者アンケートで赤松カナデが良かったって書いてんのよあの人」

「……いいとこあるじゃん」

「今はね、もう一度会って謝りたいってさ」

　家を出てから、やり取りは母としかしていなかった。父は頑固で話を聞かない父のままなのだと思っていた。変化があるだなんて考えもしなかった。

「結局さ、俊文君って弱い人なんだよ。それはわかってあげてほしい。運が良くて成り上がっただけの人だから」

　本物になれ、が口癖だった父。全身ブランド物で固め、高級車を運転手に操縦させて出かけていく。家族のお出かけもコンサートとか、美術館とかばかり。クラシック音楽は退屈だと言うと叱られ、ピカソの絵を落書きだと言うと怒られた。

「他の人に偽物だと思われるのが怖かったんだと思うのよ。若い頃さんざん馬鹿にされてきてるから。だから必死に色々身につけて、習慣も変えてんのよ。そうして他人を威圧しないと落ち着かないの。奏ちゃんにそれを押しつけたのも、自分みたいに惨めな思いをして欲しくない、そういう気持ちだったんじゃないかな。やり過ぎだったかもしれないけど、まあ情状酌量の余地はあるんじゃない？」

そんなことも知らないで、みっともないと思わないのか。おれに恥をかかせるな。

投げかけられた言葉は、父もまた投げかけられた言葉だったのかもしれない。

「奏ちゃんが自分の力で自分の人生を切り開いてるのはわかってる。素晴らしいことよ」

母は一呼吸置いて続けた。

「でもね、違う道を考えてみる気がもしあるのなら。場所を変えてみるのはどう？　みんなで移住して、家族としてやり直すの。ロスにはあなた向きの仕事もあると思う。日本を出れば俊文君も、周りの目を気にしなくなるはずだし」

「そんな……」

「あなただってあれだけ叩き込まれた英会話を、使わずじまいじゃ勿体(もったい)ないでしょう。別に強制するわけじゃないから。考えてみてくれないかな」

「そんなに急に言われても、どう考えていいかわかんない」

「一週間くらいで結論貰えると助かるんだけど」

「話聞いてた？」

「あなたって割と答え出すの早いほうだから、そんなに時間はいらないでしょう」

「ものによるわよ」

「何さ。日本に心残りでもあるわけ？」

そう母に言われた瞬間、頭をよぎったのはテレビに出ている自分ではなかった。相変わらず俯いてカメラをいじっている八坂昇の、どこか申し訳なさそうな笑顔だった。

「あるよ！」

ふーん、と母は聞き流す。

「ま、考えてみてね。んじゃ」

あっけなく電話は切れた。

ホーム画面に戻った携帯電話を睨みつける。真澄ちゃんはいつもこうだ。結局娘は思い通りになると確信したふうでいる。その手には乗るもんか。

しかし掌が震える。心の奥で何かが溶け、じわっと温かいものが広がっていく感覚がある。

俊文君が、謝る？　私に。応援してる？　私のことを。

信じられない。そう、それは素直に受け入れづらいほど嬉しいことだった。

「カナデさん！　ちょっと！」

苛(いら)ついた様子で窓ガラスが叩かれた。渋い顔をした中年男性がこちらを覗き込んでいる。

マネージャーだ。

「はい」

「はいじゃないよ、さっきから呼んでるでしょう。出番だからさっさと来る」

「あ、すみませーん！　いつでも行けます」

はきはきと声を上げ、携帯電話をバッグに放り込んで車から飛び出す。お日様は出ているものの、人気のない冬の砂浜には寒風が吹きすさんでいる。

「ちょっと、編集者さんからのリクエストがあってね。足首まででいいんだけど海に入ることできる？　長時間にならないようにするから」

「もちろん！　何なら飛び込んでもいいですよ」

即答。

「そこまではしなくていいって」

赤松は毛布をぱっと脱ぎ、苦笑しているマネージャーに預けた。くっそ寒い。全身に針が突き刺さるようだ。それでも表情や肌には出さない。鳥肌だって、気合いで押さえつける。

「今日のカメラマン、むちゃくちゃポーズの指定きついから。血流止まんないように気をつけてね」

そっと耳打ちされたが、笑い飛ばす。

「多少止まったって平気ですって」

「言うねえ。無理はしないように。じゃ、ホットドリンク用意しておくから、頑張って」

「はい！」

ぽんと背を叩かれた勢いのまま、赤松は裸同然の格好で駆け出す。

白い飛沫を上げている海に向かって。

＊

男なら一度は夢見る、愛人二人と南国デート。

篠田涼は雑誌の見出しを読みながら前髪を指先でくるくるといじる。

浜辺で嬉しそうにこちらを向き、赤松奏がポーズを取っていた。両手を後頭部に当てて腰をひねった一枚。前屈みになって胸の谷間を強調した一枚。もう一人の女の子と楽しげに水を掛け合っている一枚もあった。今にも嬌声が聞こえてきそうだ。

「何読んでるの」

比奈子がお盆に載せたカップを運んできた。紅茶のいい匂いが、学生が住むにはいささか高級過ぎるマンションの一室に漂う。置かれた花瓶、活けられたお花の向こうの窓からは街が見下ろせた。

「写真週刊誌？　涼君ってそういうの読む人なんだ。知らなかったな」

「普段は読まないよ」

雑誌を閉じ、ダークオークのテーブルにぽいと投げ出す。

「私、表紙を見たことくらいしかないのよ。面白いの？　これ」

　比奈子はいかにもお嬢様といった仕草でソファに腰を下ろし足を揃えると、雑誌を手に取りぱらぱらとめくった。

「下世話で、薄っぺらいのね」

　端的な感想。

「相談相手がグラビアに出てるんだ」

「涼君、人生相談クラブはまだ続けてるんだね」

「うん」

「色んな人が来るから大変でしょう」

　比奈子は紅茶をすする。

　心配してくれているだけなのだろう。だがそこには、選民思想に近いものが感じ取れた。

「私たちみたいに、両親が家柄を見て引き合わせるならともかく。自由恋愛では、どんな人が現われるかわからないもの」

「そうかな。それはそれで面白いよ」

　スプーンで砂糖をすくっていると、比奈子が手を止めてこちらを見た。

「涼君」

「なに」

「好奇心旺盛なのはいいと思うの。でも、くれぐれも篠田家の跡取りとして、軽はずみなことはしないでね。口うるさいようだけど、私はご両親からお目付役を頼まれてるんだから」

もう、そういう言葉遣いからしてうっとうしい。篠田は溜め息をついた。

「わざわざ東京までついてきたのはそのため？」

「それは違うわ。志望校がこっちだっただけ。もちろん、ついでに涼君の様子を見られるから好都合だとは思ったけど」

「月に一回、こうして面談されるのも、うちの親がやれって言ったから？」

比奈子が目を丸くする。

そして心外だと言わんばかりにカップを置き、叫んだ。

「これはデートよ。たまには顔を合わせてお茶くらい飲みたいじゃない。涼君は違うの」

「別に会いたくないわけじゃないけど。会って何を話せばいいかよくわかんないもん」

「許嫁に対してなんなのそれ、失礼だわ！」

比奈子が頬を真っ赤にして立ち上がると、やや茶色がかったポニーテールが揺れた。小柄な彼女が仁王立ちしたところで、威圧感などない。

「許嫁と言っても、親が勝手に決めただけだからね」

「涼君は、私のこと好きじゃないの？」

「好きって言うか。ずっと昔から一緒にいたし、そういうのよくわかんないよ。たまたまうちが建設会社、比奈子のうちが資材屋で、接点が多かっただけじゃないか」

「偶然だって言うの？　私は運命だと思ってたのに」

「僕たちが結婚すればそりゃあ色んな人に都合がいいだろうけど。ただそれだけ」

「みんなの都合がいいに越したことないじゃない」

「うーん」

「え、違うの」

篠田は頭をかく。

そりゃ確かにそうだよ。

比奈子はいい奴だ。別に嫌いじゃない。祖父から続くシノダ建設は順調そのもので、篠田家は地元の名士、資産もたっぷり。そこに東京の大学で学んだ一人息子が帰ってくれば、何もかも収まるところに収まるわけだ。

だけどそれでいいのか。

都合がいいからって、それに添うだけの人生でいいのか。

こんな篠田の悩みを、比奈子は全くわかってくれない。今も首を傾げながら、こちらを見つめているだけだ。

「比奈子ってさ。グラビアアイドルになりたいと思ったこと、ある?」

「考えたこともないわ。そもそもお父さんが絶対許さないし。涼君はあるっていうの」

「僕はあるよ」

「えっ」

篠田は大真面目な顔で続ける。比奈子が大好きな紅茶、マリアージュフレールのマルコポーロ。そのバニラに似た芳香が妖しく漂う。

「ゲイ雑誌のモデルとか、AV男優とか、いくつか応募したことあるんだ」

「うそ……」

青ざめていく比奈子を見て、篠田は慌てて否定する。

「あ、色々あって結局やらなかったんだけどね」

これは嘘だ。本当はいくつか実際に出たことがある。だが、のめり込むまではいかなかった。

「そう、別に凄くやりたかったわけじゃないんだ。これは何て言うのかな……親が絶対に許さないようなことを試してみたかった」

「反発心なの」

「ちょっと違うけどまあ、そんな感じ」

「ちゃんと言って」

篠田はしばらく沈黙してから、諦めて口を開く。

「将来も、一緒に働く人も、住む場所も、結婚相手すら全部人に決められていると、何だかわからなくなってくるじゃないか、自分が本当は何をしたいのか。同じ温度の風呂に浸かっていると、心地よいのかどうかわかんないだろ。外に出てみて初めて、ああ温かったとか、少し熱すぎたとかの判断がつく」

比奈子は不満そうな顔をしている。

「付き合う人だってそうだ。比奈子は嫌いじゃないけど、でも色んな人と付き合ってみなけりゃ、それこそ異性だけじゃなく同性とも比べてみなけりゃ、好きかどうかなんてわかんないじゃないか。親の跡を継ぎたくないわけじゃない、みんなの期待に逆らいたいわけでもない、ただ僕はもっと確信を持って選びたいんだよ」

　私は比べるまでもなく、涼君が好きなんだけど。そう言いたげな比奈子に、篠田は言葉をぶつけ続ける。

「自分で判断したいんだ。だから僕は東京に出てきたんだ。雑音を消して一人で考えたいんだよ。だからしばらく放っておいてくれよ」

「そうして推薦も蹴って、せっかく涼君のお父さんが用意したマンションも放り出して、変なシェアハウスみたいなクラブに入って。それで毎日、何をしてるの？」

　比奈子が身を乗り出す。

「大学に行ったり行かなかったり、好き勝手に遊んでばかりなんでしょう」

「それは……」

「ちゃんとやりたいことがあるのなら、私だってこんな風に文句言わないけど。ただフラフラしてるだけならお父さんお母さんを安心させてあげるべきじゃないの」

「だから、放っておいてくれよ！」

　乱暴に置いたカップが、がちゃんと音を立てた。赤い液体がテーブルにこぼれる。

「あれこれ言われると、それに逆らうだけで精一杯になっちゃうだろう。何がしたいのか、探すどころじゃなくなるんだよ。ただでさえわかんないのに。両親のことなんか知るもんか。僕だって不安なんだ。自分に何ができるのか、自分は何なら続けられるのか、自分がわからないんだよ」

「涼君、ごめん」

比奈子が目を伏せる。

「君には僕の気持ちはわからないよ。望まれている役割を、素直に受け入れられる君には」

「ごめん。本当にごめんなさい。怒らせるつもりはなかったの」

小さな体を何度も折り曲げて、比奈子は謝る。

「ただ、わかんなくて。涼君がどうしたいのか、私はどんな気持ちでいたらいいのか、わかんなくて。昔はわかったのに。急に、わかんなくなっちゃったから……」

こう下手に出られると、篠田としても怒り続けることができなくなってしまう。結局比奈子も、比奈子の背後で心配している篠田の家族たちも、善人なのだ。いっそ嫌な奴だったら話が早いのに。

「……もう、いいよ。僕も悪かった」

篠田は写真週刊誌を鞄の中に入れると、それを肩にかけて立ち上がった。

「今日のお茶はもう、これでいいだろ。とにかく僕なりに色々考えてるから、もう少し放っておいてくれよ」

「うん……ごめんね。また誘うね」

比奈子は見るからに寂しそうだった。机の上、まだたっぷり入っているだろうティーポットが悲しい。キッチンにはラップのかけられた焼き菓子らしき皿も見えた。

胸が痛む。けれど、今の僕が彼女と話しても、傷つける言葉しか言えそうにない。

篠田はできるだけ静かに玄関まで歩いて靴を履き、比奈子の部屋を後にした。


エレベーターの中で写真週刊誌を開く。

特集ページで赤松奏が、馬鹿みたいに大口を開けて笑っていた。浜辺で大股を開いて座り込み。あるいは砂だらけになって転げ回って。

下世話で、薄っぺらい。そんな比奈子の言葉が。

軽率で浅慮だと思うね。谷堂の感想と重なって感じられた。

「そうとしか見えないんだろうか」

篠田は一人、呟く。

はっきり確認したわけじゃないけれど、カナデは同類の匂いがするんだ。

きちんと考えて答えを出したら本物なんだろうか。いくつもの手順を踏んで、多くの人が認めれば本当だと言えるんだろうか。

そうじゃない。そんなのんびりとした話じゃない、今なんだ。

今プラモを作りたいから作る。今家を出たいから出る。今好きな男性に抱いて欲しいから迫る。考えた結果行動するんじゃなくて、考える前に体が動く。それこそが本当の思いだ。衝動を大切にしなかったら、嘘じゃないか。

今、やらなきゃいけないんだよ。

いったん我慢しておいて、後でやろうとしたってダメなんだ。明日は指先にあかぎれができて、プラモを組み立てられないかもしれない。今服を脱いで抱き合わなかったら、もうこの気持ちは届かないまま空中でかき消えてしまうかもしれない。

だから真っ直ぐ飛び込むんだ。

怖くないわけじゃない。考えるのが嫌だったり、手順が面倒くさいわけでもない。ただ待っていられないから、自分を嘘にしてしまうのが嫌だから、行動するんじゃないか。

プラモを作るときも、シャボン玉を吹くときも、僕は真剣だ。本気でやりたいと思ってやっている。そしてやりたくなくなったら、そこでやめる。次の本気が来るのを待つ。

谷堂や比奈子から見れば、ただの気まぐれ、あるいは適当に生きているようにしか思えないんだろう。ちょっと悲しいけれど……でも、いいんだ。

誰かにわかってもらうことよりも、己を貫き通す方に重きを置くと決めたのは、自分なのだから。

一階に到着した。エレベーターの扉が開くと、豪奢な玄関ロビーが広がっている。そこに一歩踏み出したところで、篠田は俯いて瞼を拭った。

でも。

何度か拭ってから、洟(はな)をすする。大して涙は出ていない。

でも、軽率ってのはあんまりだ。

他の誰にそう言われたっていい。だけどカナデが一番そばにいたい八坂さんにすら、カナデの気持ちがわかってもらえていないのだとしたら。

瞬きをして、再び前を向く。

カナデがあんまり、可哀想じゃないか。

＊

「やっほう。待った？」

赤松奏は精一杯明るい声を出したが、それでも語尾が少しかすれてしまった。

「え、どうしたんですか」

駅前の柱に寄りかかって本を読んでいた八坂昇がこちらを見る。

「体調悪いんですか。大丈夫？」

「ううん、全然平気。ちょっとだけ熱出たんだけど、もう治ったから。これはうつさないように念のため」

マスクを引っ張ってみせながら、赤松は笑う。

「あんまり赤松さんが風邪引いてるイメージないんで、びっくりしましたよ」

「まあね、私も冷水の中に入ったりしなけりゃそう簡単にダウンしないんだけど。ちょっと仕事で頑張りすぎちゃったかな」

「無理しないでくださいよ。今日はどうします、お茶くらいにしておきましょうか」

「やだ！　ジェットコースター乗る。ずっと前から楽しみにしてたんだもん」

しかし、と躊躇う八坂の腕に絡みついて引っ張る。

「早く行こうよ。乗りたいものいっぱいあるんだから」

「は、はい」

首から提げたカメラの位置を直しつつ、八坂は頷く。それからふと立ち止まると、改まって言った。

「赤松さん。先日はその……ごめんなさい」

「あー、やめよやめよ、そういうの。そういう日ってあるもん。私は気にしてないし、あなたにも気にして欲しくない。それより今日を楽しもうよ。せっかくのクリスマスイブだもん」

「はい。そうですね」

八坂の背を押して、赤松は歩き出した。

東京ドームシティには娯楽が詰まっている。

遊園地にイベント会場、レストラン街にショッピングモール、スパまであるのだ。

「見て！　すっごいイルミネーション。光のトンネルみたい」

「まだ光ってませんけど」

「夜になったら光るんだよ。めっちゃ楽しみ」

クリスマスイブということで、あたりはデートスポットらしさの演出に余念がない。ハート形の装飾に、キャラクターの描かれたベンチ。「ここで写真を撮ったカップルは永遠に結ばれます」といった立て札。

そんなもの勝手に書かれているだけだろうけれど、これだけ色々あれば一つくらい、本物の奇跡が後押ししてくれるんじゃないかって気が赤松はしてくるのだった。

「ここで写真撮ろうよ」

「あ、はい。ちょっと待ってください」

「そのごついカメラじゃなくて。私のケータイで、自撮り」

「あ、はい」

構図もピントも適当だけど、無理矢理ツーショット写真を撮る。

「よし。じゃあ次は光のトンネルを通って、アトラクションに向かおう」

「一応、このカメラでも撮っていいですか」

「いいけど」

「じゃあそこに立って。はい」

「マスクはつけたままでいいの」

「うん、構わない。むしろその方がいい」

八坂が慣れた手つきで赤松にレンズを向け、パシャパシャとシャッターを切る。

「もう少し横を向いてもらっていいかな。うん。もう少し。いいね」

八坂に撮られるのは嬉しかった。普段ほとんど目を合わせない彼が、撮影している時だけは瞬きもせずにこちらを見てくれる。本人が気づいているのかどうか知らないが、いつまでも抜けない敬語が撮影中だけなくなるのも好ましかった。

「はい、大丈夫です。お待たせしました」

カメラを下ろすなり、八坂は普段の態度に戻ってしまう。

「ふふふ」

「どうしましたか」

「ううん、何でもない。早くジェットコースターに並ぼうよ」

「あの、申し訳ないんですけど。酔うんですよ僕」

「え？」

「だからジェットコースター、苦手なんです。今日は乗ってる赤松さんを下から撮るだけでもいいですか」

「ダメ」

八坂は首をすくめる。

「ダメですか」

「今日はって、じゃあいつならいいのさ。今日乗らなかったら絶対乗らないでしょう。だから今日絶対乗るの」

「何ですかその理論は」

「その代わり、今日乗ったら一生乗らなくていいから」

「乗るのは決定なんですか」

「乗らなくてもいいよ。その場合は、もう一生乗らないで。いつか乗るのなら、それを今日使って」

八坂はちょっと笑った。「変なこと言いますね」と頭をかきながら、頷く。

「じゃあ今日だけ乗ります。その代わりぶっ倒れたら、介抱してくださいよ」

「もちろんだよ」

悪いけど、むしろ介抱させて欲しいくらい。

赤松はハンドバッグをぎゅっと握りしめた。今日は決めるつもりでやってきた。だからそのためにあらゆる準備を整えてきた。

コンドームは当然入ってるし、すぐそこの東京ドームホテルに部屋の予約だってしてある。女の方が部屋を手配するなんてあまり聞かないけれど、もうなりふり構っていられない。

今日、結ばれるんだ。

今日結ばれなかったら、たぶん一生結ばれない。

そんな予感があった。


（下巻に続く）

本作は書き下ろしです。
本作品はフィクションです。実際の人物や団体、地域とは一切関係ありません。

二宮敦人
最後の医者は
〈上〉
雨上がりの空に
君を願う
映画化企画、
進行中!
シリーズ累計
40万部
突破!
なぜ、人は
絶望を前にしても
諦めないのか？

―――― 二宮敦人、作家活動10周年! ――――

TO文庫

恋のヒペリカムでは悲しみが続かない
上

2019年10月5日　第1刷発行

著　者　二宮敦人
原案プロデュース　栗俣力也
発行者　本田武市
発行所　TOブックス
〒150-0045東京都渋谷区神泉町18-8
松濤ハイツ2F
電話03-6452-5766(編集)
0120-933-772(営業フリーダイヤル)
FAX050-3156-0508
ホームページ　http://www.tobooks.jp
メール　info@tobooks.jp

フォーマットデザイン　金澤浩二
本文データ製作　TOブックスデザイン室
印刷・製本　中央精版印刷株式会社

Printed in Japan ISBN978-4-86472-856-0